空洞のなかみ

松重豊

毎日新聞出版

空洞のなかみ

装幀　菊地信義

装画・挿絵　あべみちこ
校正　有賀喜久子
本文デザイン　間野　成
協力　水戸部　功
有限会社ザズウ

「愚者譫言」は書き下ろしです。

「演者戯言」は「サンデー毎日」二〇一八年十月十四日号～二〇二〇年十月十八日号に掲載の原稿を書籍化にあたり改題・修正しました。

愚者譫言

ぐしゃのうわごと

目次

バスの中

「プロローグ」

山から吹き下ろす風がひんやりと冷たくなり、予報通りに午後から雨が降り出した。紅葉シーズンを迎えた京都は人が溢れ、嵐山にほど近いこの辺りも、普段なら華やかな服装のグループが行き交っている。しかし生憎の雨で太秦《うずまさ》の町から人通りは消え、町の様相は観光地ではなく田舎町のそれに様変わりしている。

目の前を京都駅行きのバスが通過していく。慌てて手を上げたが知らぬ顔で通り過ぎた。急ぎ足で太秦開町《うずまさひらきちょう》のバス停まで行き、時刻表を見ると次のバスまで十五分ある。ベンチは雨に濡れ、傘を差してスーツケースまで持っている状態では待てない長さだ。かといってタクシーではホテルまで二〇〇〇円以上かかる。そんな金銭的な余裕は無い。仕方無く嵐電の駅のほうに歩いて向かう。小さなチンチン電車に乗って終点の四条大宮まで行けば雨宿りするところはあるだろう。ホテルまではそこから徒歩二十分はかかるが、最善の策だと思われた。歩道が無く、道幅の狭い駅への道は悪路で、たまにトラックに煽られる。パンパンに詰め込まれたスーツケースの車輪が悲鳴を上げている。

信号を渡って向こう側にあるのが小さな駅だが、ここで雨脚が強まった。狭い交差点は複雑な十字路になっていて、おまけに電車まで走っているからなかなか青にならない。仕方無く荷物を引っぱり上げ、背後の山門で雨をやり過ごそうと思った。京都は景色の中に歴史的建造物が紛れ込み、意識して見なければそこが由緒ある寺だったことに気づかなかったりする。たびたび通っていたはずなのにあらためて山門を見上げ、京都の町の懐の深さに驚嘆した。「広隆寺」か。平日雨降りの午後、これからの予定は無い。とりあえず中に入ってみよう。

京都の撮影所は最初の頃に比べて慣れてきたとはいえ、やはり異国ほど習慣の違いがあり、神経を磨り減らしていた。今出演しているのは時代劇ではなく現代もののドラマである。舞台は東京の設定なのに何故かこちらで撮影している。俳優部にあてがわれている宿泊費は六〇〇〇円で、税を引かれ手取りは五四〇〇円にしかならない。おまけにホテルは自分で手配する。紅葉の今は連泊出来ずに大きな荷物を抱えてジプシー生活を余儀なくされていた。

今日は雨の予報だったので昨晩予定変更の連絡が入り、朝の五時半に撮影所に入って降り出す前には撮り終えた。次回の撮影は来週まで無い、今夜の夕飯は東京で食べられる。ところがだ。一階の演技事務に新幹線代を貰いに行くと、三日後が雨予報なので東京に帰るなと告げられる。雨天といって、雨でも晴れでも撮影できるように俳優部を待機させるのだ。三日後という数字が痛い。中三日空かなければ新幹線代は出ないシステムになっている。もちろん晴れたらその日撮影は無い。ただただ一週間、こちらにいなければならない可能性がある。今の宿が一泊六五〇〇円なので一日につき一一〇〇〇円は自腹を切るのだ。ホテルをチェックアウトして来てしまったことが悔やまれる。

幸い連絡したタイミングでキャンセルが発生していて明日までの宿舎は確保できた。さてどうしたものか。こんな急な予定変更でも別の仕事が入っていない切なさが身にしみる。

帰る予定で詰め込んでいたスーツケースの中身を、再度楽屋のロッカーに戻しながら考えるのは午前中の台詞のことだ。たった三行。それっぽっちの台詞が出て来ない。急なスケジュール変更でも対応出来るよう台本は貰った時点で憶《おぼ》えるようにしている。

どんな監督の要求にも応えられるように言い方の違いやニュアンスの変化も計算している。それなのに、たった三行の説明台詞、頭の中に入っているんだがアウトプットされない。テストでは言えたのに本番で出て来ない。二度三度繰り返して相手役の若手に慰められる。「全然大丈夫っすよ。俺もよくやるんで」。黙れ、お前と一緒にするな。五度六度目で助監督が水を持ってやって来る。「ちょっと外の空気吸ってきますか」。貴様、半笑いで言うな。七度八度で自分でも言える気がしなくなり、十回をしばらく超えた頃、全体の休憩になった。

私は怠惰な奴が嫌いだ。なんの準備もせずに無為にカメラの前にいるような輩《やから》は軽蔑していた。だから完璧に台詞を覚え、氷点下の極地だろうと赤道直下の灼熱地獄だろうと演技してやる。相手役がどういう玉を投げてこようと確実に受け止める予習は万全なのだ。役を完全に自分のものにすること。それをひたすら己に課してきた。

地獄のようなコーヒーブレイクが過ぎ、再開後の本番でも台詞は一切出て来なかった。一行ずつ区切ってカットを割るという意見も出たが、その一行すらも危うくなった。やむをえずカンペ、所謂カンニングペーパーを用意することになり、相手役の若造は「全然オッケーっすよ」と笑いながら胸元に私の台詞を書いた模造紙を貼り付けた。それからのことはよく憶えていない。ありがとう、ごめん、昨日の酒かな、ごめんと繰り返している。馬鹿な振りで自分の傷口から出血していくのを辛うじて抑えていた。

詰め直したスーツケースを転がして俳優会館の階段を下りる。

同期の俳優がマネージャーと打ち合わせをしながらタクシーから降りてきた。顔見知りではあるのだが自然と目を合わせないように体勢を変えた。

奥から舞台で共演したことのある後輩も侍姿で近づいてくる。思わず鞄から折りたたみ傘を出す振りをして目線を避けた。四十代も半ばで、何をやっている。自意識がもどかしい。

演技事務の女性が「タクシー呼びますか」と問い掛けてきた。笑顔で無視してゆっくり傘を差し、撮影所を後にした。

ぼんやりと、廃業を考えている。


境内は思いの外広く、雨の中で参拝客は見当たらない。しばらく行くと左手に受付があった。拝観料は七〇〇円。窓口の老人からお釣りと冊子にスタンプを押したものを受け取る。これがチケット代わりだ。雨宿りで喫茶店に入ったと思えばいい。

広隆寺は京都最古の寺院で、名前の響きが近い奈良の法隆寺と関係が近く、聖徳太子ゆかりの名刹《めいさつ》だと書いてある。入試で日本史選択だったくせに今更ながら深く頷くおのれの不明を恥じる。国宝の弥勒菩薩《みろくぼさつ》がご本尊だ。午後は修学旅行の団体も無く、おまけに雨で目指す霊宝殿に人影は無かった。

一礼して中に入る。広い伽藍の正面に、その麗しいお姿をみとめた。

「弥勒菩薩半跏思惟像《みろくぼさつはんかしいぞう》」

既視感があるのは当然、日本史の教科書でお目にかかったことはもちろんあり、実物を前にして、思わずひれ伏しそうになる。圧倒的な力に服従するのでは無く、自分をさらけ出して身を投げ出したくなるような安らぎを憶えた。霊感は無いし、特定の宗教にも属していない自分にこんな感覚が訪れることが理解出来ない。

像の前には畳スペースがあって、座って向き合うことができる。誰も入って来ないのをいいことに像のほぼ正面に腰掛けた。何をするでもなくただ時間だけが過ぎて行く。何か語り掛けたような気がするし、語り掛けられたような気もする。

よく憶えてないが閉館時間になるまでそこに座っていたことだけは定かだ。

バス停に座ってバスを待っている。濡れていたベンチも、にわかに晴れた太陽が水分をぬぐい去り、夕暮れの町は賑わいを取り戻していた。72番京都駅行きのバスは間も無く到着し、私は重たい荷物を引きずり最後部の席に向かった。運良くラッシュ時にも拘《かかわ》らず車内はガラ空きで、最後列に荷物と一緒に座ることが出来た。一緒に乗った老人が前の席に座り頬杖をついて窓外を眺めている。四条烏丸《しじょうからすま》で鯖の煮付けを今日の夕飯にしよう。ひとりごちた。

「俳優さん?」。前の老人がこちらを向いて喋《しゃべ》り掛けた。女性だか男性だか区別がつかない。足を膝の上で組んでいるのでおじいさんの可能性が高い。これほどの年齢になると性差は曖昧だ。いや、よく見ると年齢も不詳に思えてきた。

「はい」と軽く会釈して答えた。しばらく沈黙が続いたので私の名前が出て来ずに気まずくなったのだろう。これで会話が終わることは多い。

「何に出てはりましたんかいな？」。柔らかい京都弁だ。

「ええ、まぁ、いろいろと」。もちろん代表作など無い。

間違い無くこれで会話は終わると思い窓外に向き直った。


「えらい長いこと観てはったんやなぁ」

何を言っているのか分からない。

「太秦に来られた俳優さんは、たまに来はるんですよ、たいていはひとりで来てはる」

チケット売り場の老人だということに気づく。


「あぁ、先ほどは。どうも」

「今まで観てはったんやろ」

「えぇ、つい長居をしてしまいました」

「初めて来はったん？」

「はい」

「えぇ、仏像ですやろ」

「ええ、ほんとに」

撮影所の隣にある寺なので暇つぶしにやってくる俳優は少なくないのだろう、老人にとっては珍しくもなんとも無い拝観者だったに違いない。


「そんで、なんか分からはりました?」

「え、何かって」

「長い時間かけて、菩薩さんと何話してましたん」

「いや、話すというか、なんでしょう、愚痴聞いてもらってたのか、慰められてたのか、気づいたらもう五時でした」

正直に答えた。

「あそこの菩薩さんなぁ、中、空っぽですんや」

「え?」

「木の仏像やのに中くりぬくのは手間やけど、そうせんかったら千年以上ももちまへん。火事があっても軽くて持ち運べるし、ひび割れたりもせえへんからな、よう考えて作られてますんや」

「はぁ、そうなんですか」。とりあえず感心してみる。


「その空っぽの空洞に、いろんなもん入るようになってて、あんたみたいな人の愚痴もぎょうさん入るようになってますねん」

「はぁ」

「そいでもな、また別の人来たらまた空っぽのまんまや。またなんぼでも入るんや、ようでけてる。ある人に言わせたら宇宙んなかからしいねんけどな。京都出たことも無い私には宇宙ゆうたかてよう分からんけどな」

「宇宙、ですか」

バスの揺れが心地好いリズムを身体に伝える。

暮れゆく京都の街にネオンが色づく、繁華街が近づいてきた。

「お兄さんのお仕事もそないなもんですやろ。いろんな役をやらはって、容れもんの中に入れたり出したり」

答えに窮した。合いの手を入れる余裕も無いところに、

「ありゃ、やっぱなか空っぽやったりして」

少し笑った。私は、その言葉に核心を突く重みを感じとった。

「いや、空です、無です、なんでも無いですよ僕なんて」

するとおもむろに老人は向き直り降車ベルを押した。

「そうか、ほな、またうちの寺、観に来てや」

「ありがとうございました、お話しできて嬉しかったです」
「あ、そや、空っぽとな、無、ちゅうのは違うんもんなんやで」
そう言って老人は烏丸御池《からすまおいけ》のバス停で降りて行った。

二つの言葉がぐるぐる回る。

あの日からか、自分の仕事が分からなくなった。

取調室

「第一話」

目の前の机には点灯していないライトがひとつ載っていて、他には何も置かれていない。その手前の椅子に腰掛けているのは間違い無く自分のようだ。頭の靄《もや》が晴れないので何故ここに座っているかが分からない。薄暗い部屋の三方は壁で、窓は無く中央にこの小さな机が置かれている。前方に飾り気の無いドアがあって周囲の音は入って来ないようになっている。ぼんやりした頭を整理して行く。

さて、私は今日、何を演じているのだろうか。

おそらくここは「取調室」だ。ということはまた刑事役だ。何回この手のシチュエーションを繰り返しただろう。地味な色味のスーツにノータイで、多分他のドラマでも使い回したものだろう。チャンネルは5か8か、はたまた東映か、刑事役なら慣れたものだ。

ゆっくり振り返ると壁際にもうひとり、制服警官がパソコンで何やら入力している。おそらく、書記役のエキストラさんだ。ということは、これから犯人役がここに連行されて来て、そいつを取り調べた上で自白に追い込めばいいのだな。余裕を見せようと制服警官に笑いかけたら無視された。

前のドアが静かに開き、別の警官に連れられた被疑者が現れた。痩せた身体の三十代の男で、見覚えのある顔をしていた。

犯人役とはいえ根っからの悪人ではなく、仕方無く犯罪に手を染めてしまったわけありの凡人という役どころかと思われる。役者としてのスキルは分からないがそれなりの芝居はできると判断されてのキャスティングだろう。促されるまま向かいの椅子に座り、怯えた目つきでこちらに視線を合わせようとしない。

しばらく緊迫した無言が続く。

耐えきれずこちらから話し掛けようとした時、ようやく彼が口を開いた。しかし声にはなっておらず何を言っているのか分からない。録音部もその台詞を聞き取れるはずも無い。それが延々と続いた。台本をキチンと憶えてきた努力は認めるが相手役にも届かないのであれば意味は無いのだよ。

仕方が無い、よく見ておきなさい。私が一喝して彼の冗長な言い訳を遮り、一気に自白に持って行くのがドラマ的にも良かろうと考えた。

机を叩いて一言、大声で、「お前がやったんだろう」。

きょとんと間抜けな顔をしてこちらを見つめている。親にも怒鳴られたことがないのか君は。

その瞬間だった。驚いたことに背後の制服と被疑者に付き添っていた警官が私を同時に羽交い締めにした。離せ。いったいどこのエキストラ事務所の奴らだ、設定を考えて芝居をしろ。口には出さずに睨んだが手を緩めない。

ところが犯人役の彼がおかしなことを言う。「もういい、離してやれ」。私は解放された。

いやな予感がする。

役を間違えていた。

目の前の彼は、よく見るとカレーのＣＭで見たことのある俳優で、たしか去年の朝ドラで人気が出た男だ。しまった、間違い無くこのドラマの主役だ。

ということはだ。私は被疑者で、なんらかの罪状を背負った脇のゲストだと思われる。おっと、足元が革靴では無く便所サンダルを履いていたことにもっと早く気づくべきだった。


合点はいっても被疑者用の台詞は何も思いつかない。そもそも何をして捕まったのかも分からずにここにいる。そうだ、精神鑑定にまわされれば無罪になる。記憶喪失を装ったがカレー王子に厳しく追及され口をつぐんでしまった。

王子は先ほどまでの口調はどこへやら、口角泡を飛ばし滑舌良く詰問してくる。仕方無い、ここは黙秘するしか方法は無さそうだ。とりあえず、それで時間を稼ごう。

どれほど時間が経過したか、王子は卓上のスタンドを点けたり消したり、持っていたペンで小刻みに机を叩いたり、様々な心理戦を仕掛けてきた。小賢しい小芝居をしやがる。腹も減ってきた。もはや黙秘を続けている自分に自信がなくなってくる。このまま罪を認めたほうが楽になれる、何をやったか分からないが自白してしまおうか。

ゆっくりとドアが開き別の警官が何かを刑事に差し出した。王子は優しく、そのどんぶりを私の目の前に差し出す。蓋のはじからカツと卵がはみ出している。

カツ丼だ。

今時こんな設定、よく書けるな。取調室にカツ丼。コントじゃあるまいし。高齢者向けのドラマとは言え今更感は拭えない。陳腐だろう陳腐。視聴者を舐めるのもいい加減にしろ。一気に自白する気は失せていく。

はみ出したカツと卵から、湯気は出ていない。作り置きの消え物だと思われる。美術部が消え物室で作ったか、はたまた店屋物か。と同時にふと、蓋を開けてみたくなる。どんぶりを手にしてかっかとかき込みたくなる。カツを嚙み締めた時の肉汁を想像する。それは冷めてしまってはいるが硬くない。半熟の卵がだし汁を纏《まと》って喉元を通過する。

いかん、ダメだ。食べるしかない。

瞳を潤ませ、相手の目を真っ直ぐ見つめて言った。

「私がやりました」

ガベル

「第二話」

目の前の机の上には小さな木槌とその台と思われるものが置かれていた。心当たりは無いし、何に使われるものか見当もつかない。試しにその木槌を持ち上げ、台に向かって振り下ろしてみた。澄んだいい音が鳴り響いた。

一瞬、辺りの空気が張り詰めたように感じ、初めて周囲を見渡してみる。正面、少し離れたところ、椅子に腰掛けた人々がいて、みな固唾《かたず》を呑《の》んでこちらを凝視している。観客だ。ということは自分が何かの演奏者なのかと考える。しかしこんな木槌ひとつで音楽を奏でることは不可能だ。見ると左右にも二列に観客がいるではないか。

今日の私はなんの役だ。

上方の落語家か、はたまた講談師か。彼らが叩くのは拍子木や張り扇《せん》であって木槌では無い。とりあえずこの木槌を振り上げ、おどけてみせようとしたところで正面に座った男と目が合った。

最前列のその男は両手を縄のようなもので結わえられ、傍らの警官と思しき人に繋がれている。劇場の観客などでは無い、彼は被告人だ。

ではその正面に座っている私は何者だと頭を垂れた。黒くてビロビロした衣装を着ている。両隣にも同じ衣装を着た人がいる。左右両側の、観客と思っていた二列は、それぞれ弁護士と検事に相違ない。疑う余地は無く、私は裁判長である。

となると先ほどの木槌の音でこちらを注視している一同に対して、なんらかの台詞を発しなければなるまい。

「静粛に」

良かった。この台詞で間違ってはいない。しかし待てよ。まだ何か足りない気がする。そうだ。

「これより開廷します」

それにしても裁判シーンの撮影だったとは驚きだ。座っていたのが裁判長席で良かったと安堵する。こんな大がかりな裁判所のセットを組むということは、大抵ドラマや映画のヤマ場で数頁におよぶ長いシーンであると相場が決まっている。今のところ主役は誰か分からないがこの場合、おそらく弁護士、たまに検事、あるいは傍聴席の刑事や被告の家族のうちの誰かだろう。

左に目をやると弁護士側の席に有名な若い女優が座っているのに気づいた。共演歴は無いが、主役に違いない。これは女性弁護士モノのドラマか映画だ。となると後半は彼女の独壇場になる。お約束のどんでん返しだ。台詞もかなりのページを割いてあることだろう。

対して検事役も、よく見ると何度か共演したことのある中堅有望株の俳優だ。実力もあるので脚本家はこの二人の掛け合いを見どころに据えたと思われる。

傍聴席にも顔見知りの役者がちらほらいるが、今日は台詞が無いからか、緊張感の無い顔をしている。

私は裁判長だ。台詞はおそらく「異議を認めます」「異議を却下します」「静粛に」「これにて閉廷します」、この四パターンで済む。長丁場だが恐れることはない。数日間、冷静な裁判長を演じきろう。

「起訴状の朗読を始めます」

右手にいた検事役の中堅が立ち上がった。彼の低音が廷内に響き渡る。いい声だ。そういえばこないだ、ＮＨＫのドキュメンタリーのナレーションをやっていたな。しばらく聞き惚れていた。

そのうち、その長さが気になり始めた。こんな説明台詞を延々と喋る必要があるか。動きが無いのに飽きてしまうだろう。少しカットしてもいいんじゃないか。次第に声の低さも気になってきた。チャンネルを変えられてしまうぞ。

でもよくこれだけ憶えてきたなぁ。そこは褒《ほ》めよう。凄い、私には真似出来ない。昔本当の裁判の傍聴に行ったら、検事なんてボソボソと、しかも噛み噛みで読んでたぞ。それがリアルってもんだろ。なぁ。……なぁ。

おっと、いかん、ふと、考え事をしていたら意識が飛んでいたぞ。芝居に集中しよう。

相変わらず声が低い。いや、待てよ、この部分さっきもあいつ読んでなかったか。ふん。まぁ、いい。

はぁ……。

そういえばこの木槌、確か日本の裁判所では、実は置いて無いんだよなぁ。向こうの裁判モノの影響でこういうシーンにはつきものだけど。名前なんつったっけ、ええっと、三文字だ、ううん、「ラベル」だか「クベル」だか。何かの作品で出てきたんだよな。なんだっけかなぁ。ええっと、目を瞑《つぶ》って思い出してみるか。

しかしなんだあいつ、何度も何度も、起訴状の同じところを繰り返し読みやがって、誰か注意してやれよ。まったく。

アベル、イベル、ウベル、ええっと、エベル、オベル……。

「カットー！」

カチンコが鳴ってカメラが止まった。助監督が検事役の彼の所では無く真っ直ぐこちらに向かって来た。

「集中してもらえますか、寝るとその度にカットかかっちゃうんで」

酒場

「第三話」

グラスは奇妙な蝸牛《かたつむり》のような形をしており、中には見たことも無い黄緑色の液体が注がれていた。目の前のカウンターに置かれていたものなので私が注文したことに違いは無い。上から覗くと氷の代わりにドライアイスのようなものが入っていて、グラスの縁から煙が漂っている。

香りは悪くない。自分ではめったに飲まないが南洋系のフルーツカクテルの類《たぐい》であろうことは想像できた。試しに口をつけてみると香りと共にほのかな甘みと酸味が広がりアルコールは感じられない。喉の渇きの助けもあって一気に飲み干した。悪くない味とのど越しに感心する。

空になった蝸牛状のグラスを手で転がしながら、ベースになった果物は何かと考えている。ふと、いつの間にか前に立っていたバーテンと目が合う。

瞬間、息が止まりそうになる。店内は薄暗く焦点を合わせにくいが、目の前にいるのはバーテンダーベストに蝶ネクタイをしたオオアリクイなのだ。正確にはオオアリクイのような人、鼻先が一メートルもある人間はいない、限りなくオオアリクイに近い。笑いながらグラスを指さすので思わずお代わりを注文してしまった。

さて、私は何を演じているというのだろう。

ここはいったいどこだ。
周りを見渡すのが怖かったがこの場の状況を把握しなければならない。小さな劇場ほどの店内には適度に客が入っている。皆お喋りをしているが反響して聞き取れる状態では無い。目をこらし、客たちの顔をまじまじと見回すと、案の定想像を超えた顔をしているものばかりだった。辛うじて人の顔をしているのが数人、あとは動物だか異星人だか判別しかねる。うんざり眺めているとウシガエルがこちらを凝視している。トラブルを避けるため直ぐに目を逸らした。

とんでもない酒場にいることは間違い無いがこれがどんなドラマなのか思い浮かばない。コントかホラーかSFか。強いて挙げれば思い当たるものはある。しかしその撮影現場に私が呼ばれることは全く想像出来なかった。気持ちを落ち着かせるため目の前のカクテルをゆっくり口に含んだ。

店の表で何やら喧噪《けんそう》が聞こえ、その集団はやがて店の入り口からなだれ込んできた。経緯は知る由も無いが、店内に不穏な空気が漂い始める。勝手の分からない出口を探して逃げるリスクを負うより、ここは静観を決め込もう。念のためポケットをまさぐり武器になるようなものが入って無いか確かめてみた。武器の代わりに小さなタグが入っていた。油性マジックで「猿の惑星用」と書いてある。この作品では無い。使い回しの衣装だ。

やがて喧噪が乱闘に変わり、様々なモノが飛び散り、壊れる音が大音量でこだまする。しばらくして私のカウンターにも何者かの腕の部分が飛んできた。ここでひるんで悲鳴を上げたらこの世界観を壊しかねない。ひたすら動揺を隠した。

争いの当事者たちに目を向けた。大多数の魔物たちに取り囲まれているのは白髪の老人と猿的な巨人の二人組だ。多勢に無勢とはいえ、老人組は圧倒的に強く、殆《ほとん》どの敵を蹴散らし間も無く勝利を収めようとしていた。圧倒的に強いこの老人。見たことがあるぞ。動きが素早いので判別が遅れてしまった。そうだ。

ハリソン・フォードその人だった。渚の止まり木にいただけで日本では歌になる人だ。共に闘う猿的な巨人は、言うまでも無くチューバッカ。紛うこと無くあのシリーズの撮影現場と思われる。

血が逆に流れ始めたような動悸が起こった。

待てよ落ち着け。ということはだ。ここはよくハン・ソロたちが来る例の酒場だ。昔の仲間を訪ねて助けを請いに来た、というシチュエーションに違いない。さてはその仲間というのが今回私に与えられた役だな。

ここで待ち合わせということは私もならず者に違いない。アジア系海賊の頭領あたりが適役だろう。村上水軍の血を引いたパイレーツの末裔。悪くないキャスティングだ。渡辺謙さんや真田広之さんには悪いが、ここはひとつ私がやらせてもらおう。語学力はこの際、目を瞑ってもらうしかない。反乱軍側につくか帝国軍側につくか、どちらでも演じ分けよう。

さてはこの後、ハリソンは私のところへやってきて再会の抱擁を交わすつもりだろう。知りうる限りの英語を駆使してやろうじゃないか。

案の定、敵をぶちのめしたハリソンがこちらを目がけてやって来る。心を落ち着かせてカウンターから立ち上がり彼を迎え入れようとした。

するとどういうわけかチューバッカが彼を追い越しこちらに突進してくる。待て、お前にはとりあえず用は無い、と英語で冷静に話してみた。つもりだった。ところが

「ああああああああ」としか発声できない。声が声にならないのだ。すかさずチューバッカが「あああああああ」と返して熱く抱擁してきた。巨体で力強く抱かれて接吻までされた。チューバッカにチューされても嬉しくもなんともない。

そうこうしているうちにハリソンは通り過ぎ、裏口から出て行った。未練たらしくチューバッカも「あああああああ」と言いながらハリソンの後を追った。

「カット！」

店内に静寂が戻り、それぞれのキャラクターが被り物を脱ぎ始める。カウンターにいたオオアリクイも、中から小柄な黒人女性が出てきた。握手を求められ、お前も被っている物を取れとジェスチャーされる。顔に手をあてると皮膚の上に分厚いシリコンが貼り付いていた。思い切り引っ張って剝がし、こちらに向ける。
口紅を付けたメスのウーキー族のお面が笑っていた。

伴走

「第四話」

走っている。

右足と左足を規則正しく往復させ、垂れた両手は柔らかく弛緩した状態で前後に揺れている。リズミカルなその動作は脳に快い刺激をあたえてくれる。積極的に酸素を取り込んで気持ちは幾分ハイだ。

しかし、私にそのようなジョギングの習慣は無い。以前ビリーズブートキャンプのやり過ぎで膝に水が溜まり、医者に行って黄色い液体を抜くはめになった反省から、下半身に負担をかけるようなことは極力避けてきた。ところが私は今、一心不乱に走っている。

これはなんの役なのか考えた。

まず思いつくのが、何者かから逃げているという設定だ。ヤクザの金を持ち逃げした、コンビニ強盗を働いた、老婆の鞄をひったくった。しかし私は手ぶらだ。となると、警官に追われている逃亡犯、浮気がばれた恐妻家、もしくは怪獣にねらわれている一市民、などが思い当たるが私の背後にそれらの気配は無い。ただ走っている。

短パンとランニングシャツという出で立ちなので、江戸時代の飛脚やギリシャの伝令の役でも無いだろう。よし、ここは基本に立ち返ろう。走る人イコール、アスリートと考えるのはいかがか。この歳で陸上競技者というのもあり得ないだろうが、高齢化社会、そういう作品があってもおかしくはない。

念のため胸元に手を這わすと、ゼッケンのような布が貼ってあるのが分かった。間違い無い、私は今、ランナーの役を演じているのだ。しかもここはトラックではなく普通の国道を走っている。ということはマラソン競技に違いあるまい。目をこらすと前を走っていたバイクが白バイであったことに気づく。さらに歩道には小旗を振った観客がこちらを向いて声援を送っているではないか。状況から判断して、今、私は先頭を走っているようだ。この年齢の長距離走者、どんな物語を演じているのだろう、悪くないような気がした。

四十二・一九五キロ。世界記録が二時間強。はたして今どの辺りを走っているのか。左手首には時計がはめられていて、ストップウオッチ機能で五十六分という経過時間が表示されている。こんなに走っているのに疲労感が無い、まだまだいけそうな気がするのは、役を演じるアドレナリンが分泌されているせいか。

折り返し地点まであと三キロ。そんな標識を目にした。長丁場だ、慢心せずペース配分を考えなければゴールまで到達できない。そう考えて少しピッチを緩めたところ、背後で何者かの気配を感じた。ゆっくり振り向くと後方からひたひたと近づいてくるゼッケン8をつけた長身のランナーが見えた。もう一度振り向くと目が合った。間違い無い。俳優のAだ。私よりふたつみっつ年下でモデル出身の彼とは何度も共演歴がある。

たしかに私がひとり走るだけでは作品が成立するはずは無い。

我々が競い合い、デッドヒートを繰り広げることでヒューマンドラマが生まれる。

愛と友情の四十二・一九五キロ。くだらんタイトルだ。制作側の安易な考えもよく分かった。良かろう、ここから後半一時間、数々の見せ場を作り、最後は彼に花を持たせるという展開でも面白い。がぜんアドレナリンが出て来た。

間も無く彼が私の横につき、二人は併走するかたちになった。このツーショットはなかなか画になると思われた。単調な映像にならないように、右へ左へ、併走の間隔を詰めたり開けたり駆け引きした。

「ありがとうございました」

Aがおかしなことを口にした。ここで彼に礼を言われる筋合いはない。それに過去形なのも気になる。おかしな奴だ。無視して走り続ける。間も無く折り返し地点が見えてきた。

中間地点だけあって沿道を埋めるエキストラの数も半端ではなく、この作品の期待の高さが窺える。身震いする気持ちを抑えて、来るべき後半のスタミナ勝負に役者生命を懸けようと自分に言い聞かせる。

併走するAに向かってガッツポーズをしてみせた。それに対しても彼はおかしなことを口にする。

「ほんとに、お疲れさまでした」

まぁ、いい。ゴールに着いてカットがかかってからAに問い質そう。

二人並んだ状態で折り返しの三角ポールを廻り、観衆の熱狂は一気に最高潮に達した。みんな待て、早合点するな。ここはまだまだ序盤戦、本当のドラマはこれからだ。

折り返し地点を過ぎ、すこしペースを上げ、Aの一歩前に進んだ瞬間、沿道から何者かが飛び出して来た。暴漢は私の脇腹にタックルし、しがみついて離れない。振り払おうともがいたがここまで走り続けたせいで身体が動かない。そこへ別の暴漢が私に襲いかかってくる。続いて何人かの暴漢が私を取り押さえた。離せ、なんの真似だ、レース中だぞ。いい加減にしろ。

前方を見た。Aが何事も無かったように走り去って行く。

お前は俺を見捨てて走り去るのか。

道路に押さえつけられた私に向かって、暴漢たちは口々に「もう終わりです」と言っている。何が終わりだ、終わらせたのはお前たちだろう。

暴れた拍子に外れたゼッケンが手に握られていた。ゆっくり広げると、そこには数字では無く「P」「A」「C」「E」と文字が書かれていた。

「ペースメーカー、……か」

力ない言葉が溜息とともに零《こぼ》れた。

土の中

「第五話」

どのくらい眠ってしまったのか分からないが、身体が妙に痺《しび》れている。布団ではない重たい物に押しつぶされ息が止まりそうだ。目を開けようと思ったが顔にも何か押し当てられていて、瞼《まぶた》を開けても暗闇が私の周りを支配している。口を動かしてみると何か筒状のものをくわえている。おそらくそこから息が出来ているようだ。ためしに大きく開くと、何かが一気に押し入ってきた。土の匂いと泥の食感が口いっぱいに拡がる。

私は今、生き埋めにされている。

中央自動車道は八王子の手前で軽い事故渋滞があったものの、順調に流れていた。談合坂のサービスエリアで買ったスタバのコーヒーは、河口湖のインターに着く頃も飲み頃の熱さを保っている。昨夜寝違えた首の違和感がまだ消えてなかったが、仕事に支障は無いだろう。一般道を降りて西に向かう。遊園地にはもう子供の姿は無く、標高が高いこの辺りは、木々の色が秋の終わりを告げている。右に西湖を感じた辺りで車をゆっくりと左折させた。

現場はこの付近の森の中で、渡された地図にある目印地点で制作部が待っているという。携帯が繋がらない場所が多いので待ち合わせの時間と場所を細かく指定された。樹海と書かれた標識を目にする回数が次第に増えた。この辺りに、昔カルト教団の拠点があったことを思い出した。

富士の樹海の中で、生き埋めにされている今の私の状況を分析してみる。
はたして今回はなんの役を演じていたのだろう。

死や殺しを扱うドラマの数だけ死体役は存在する。死体は台詞が無いので撮影日は気楽なものだ。だが撮影中は呼吸が出来ないから長いシーンだと気を失いそうになる。胸はもちろんお腹も動かせない。意図して目を見開いたまま死んだ場合はその責任をとらなければならない。

遺族との愁嘆場が済み、棺に納められた時点で本人が演じる必要は無くなる。病死ではなく、ヤクザに殺されて埋められる場合でも、土をかけられた途端に本人である必要も無い。たまに海に沈められて溺死体で上がってくることもあるが、本人確認後すぐにブルーシートが掛けられ、あとはマネキンがやってくれる。だから早く帰れることが多い。

それなのに私はまだ埋められている、しかも富士の樹海にだ。

待て、もしかするとだ、私を埋めるシーンを撮っていて、土をかけている主演の表情があまりにも鬼気迫る形相だったので周囲のスタッフも圧倒されてしまい、感動したまま次のシーンの撮影に向かったということは考えられないか。埋めた役者を置いたままだ。あるかも知れない。そんなことをしかねない制作会社を私は知っている。


辺りは静寂に包まれて、誰かが起こしに来る気配は微塵も無い。耳元で何者かの合図が聞こえたような気がする。意を決して起き上がることにした。

まずゆっくりと手を動かして周囲の土砂を攪拌する。枯れ草の比率が高いようで思ったよりも軽い。肘を思い切り伸ばすと地上に突き出たようだ。肘を支点にして上半身を起こすことを試みる。少々手こずったがなんとか頭も地上に出たようだ。目はまだ開けられていない。良かった、このまま死ぬことは免れた。

すると突然、するどい女性の悲鳴が辺りに響き渡った。私も思わず動きを止めた。

頭を出した状態で静止し、ゆっくりと声のするほうに向きなおった。私にも危機が迫っているのかも知れない。しかし顔についた泥のせいで目がまだ開かない。大丈夫ですかと声を掛けようとしたが口の中の土のせいで烈《はげ》しくむせる。

「ぐごごごごごごごご」。声にならない声を轟《とどろ》かせてしまった。

さらに烈しい悲鳴と共に女性の声が遠ざかって行くのを感じた。待ってくれ行かないでくれと言うつもりが、再び「ぐごごごごごごごご」という雄叫びに変換されている。仕方無く、後を追おうと立ち上がったが、足が痺れていて真っ直ぐ歩けない。おまけに寝違えた首の不調のせいで、痙攣《けいれん》したように頭が前後に揺れ続けている。いつもの自分じゃ無い。助けてくれ。

客観視しよう。全身泥にまみれた半裸の大男が、首を激しく前後に動かし、口から土を吐き出しながら、千鳥足で女性に向かって来ている。「ぐごごごごごごごご」と叫びながら。

「カット！」

誰かに抱きかかえられ私は立ち止まる。スタッフだ、こんなところにいたのか。濡れたタオルを渡してくれた。顔をぬぐって周囲を見渡す。助かった。現実に戻ることが出来た。身体の力が抜けてその場に腰を下ろした。目の前の助監督の腰にある台本が目に入る。

「TOKYOリビングデッド　～樹海ゾンビーズ編～」

安い深夜ドラマだ。

かさぶた

「第六話」

瞬きもせず、目を見開いたまま相手を凝視し続けることによって眼球表面が常に乾いた状態になり、瞼の裏側にかさぶたが出来るという一種の職業病に悩まされていた。眼科ではドライアイと診断され、かさぶたは医者に取り除いてもらうしか方法が無い。日常これといった予防法は無く、いつも三種類の点眼薬を処方された。適宜眼球を潤すしか方法がないのだ。一つ目は涙と同じ成分でできた目薬。随時泣けばいいだけの話だが男はそうそう人前で無意味に泣けない。二つ目は犬の涎《よだれ》と同じ成分でできた目薬。犬の餌の皿を洗うと分かるがヌルヌルがなかなか取れない、それが目にいいらしい。三つ目は胃薬と同じ成分でできた目薬。これが一番効くらしいが、真っ白い液体で、目から流れ出ている状態は見ず知らずの人の心臓に悪い。半日経ってから苦いものが喉を通過していくという変わった副作用もあった。

そういえば今日はなんの目薬も差していない。

前に座っている男は私を凝視し続けている。白目がちな彼の目はこちらに焦点が合っているようでもあり、私の背後の何者かを睨みつけているようにも思えた。私も相手の両眼の中心の辺りから視線を逸らさず、瞬きもせずに見据えていた。目を逸らすことは勝負に負けるということではなく、命の危険をも感じさせる。間違い無く目の前の男は極道である。

なんの役で彼と対峙しているのだろうか。

目の前に座っているのはヤクザである。これを大前提として推論してみる。はたして彼の対面に座る私は、堅気かはたまた同業者か。前を見据えたままぼんやり男の背後の気配を探ると、壁に大きな家紋が掛けられていた。よく暴力団事務所に掲げられているそれだ。ということは、こちらは客分、彼の上司でも手下でも無い。また家紋の左右に微かに動くものがあって大きな爬虫類かと思ったら、舎弟らしい二人組が立っていた。堅気であっても同業者であっても、危険な状況であることに違いは無い。

「いい加減、吐いたらどうですか」

やっと先方が口を開いた。丁寧語であったことに多少安堵するが、何を聞かれているのか思い当たらない今は、緊迫感に拍車をかけるだけだ。もちろん私の体調不良を案じて発せられた台詞では無いことは確かだ。

「私は何も知らないんだ」

この言葉に嘘偽りは無い。恐らく私はヤクザに脅されている弁護士か会社経営者あたりを演じているに違いなかった。しかしこのあと当然ながら台詞が続かない。長い沈黙の間、相手は瞬きもせずこちらを見据えている。目を逸らすと嘘をついているように思われる状況で、ついに私のドライアイが悲鳴を上げた。

長い時間瞬きもせずに見据えていたせいで、右目に急性のかさぶたが出来てしまったようである。僅かに眼球を動かしただけで烈しくゴロゴロと激痛が走った。席を立って鏡の前に行きたいがそうはいかない。どうしたものかと考えた。とりあえず目に触ってみてかさぶたを探ろう。

対面のヤクザから目を逸らさずに、右手だけをゆっくりと引き上げる。挙動を不審がられないように時間をかけて耳までたどり着いた。人差し指で右の耳穴をほじりながら小指で右目の目尻を触ろうとしたが届かない。

おかしい、そんなはずは無いと、視界の中に手をかざす。小指が無かった。

弁護士でも会社経営者でも無い、小指の無いヤクザだった。何か失態をやらかして始末をつけるために指を落とされたチンピラ。情けなくて動揺してしまった。動揺に追い打ちをかけて再び激痛が襲う。私は烈しく目をこすり始めた。相手のことなどうでも良い、眼球のかさぶたを取り除かなければ。

私の不審な動きに奴の背後の手下が反応し、両側から腕を押さえつけられる。もはや私はこんなチンピラの相手をしている場合では無い。わけを言って眼科に連れて行ってもらおうと無謀なことを考えた。とたんに激しく殴られる。二発目が右目を直撃し、痛みが倍増した私はのたうちまわった。しかし二人に組み倒され、あえなく床に押さえつけられた。

「どこにあるか言ってみろ」

相手のヤクザの台詞などもはや耳に入ってはこない。かさぶたと殴られた痛みに加え、小指の無いチンピラやくざ役だった自分が情けなく、涙が零れた。嗚咽《おえつ》をもらし泣き続けた。そのうちふと、右目に感じていた痛みのもとが無くなり、憑《つ》き物が落ちたように身体が軽くなった。良かった、鱗《うろこ》が落ちた。

手下の一人が私の目尻に零れ落ちた異物を見つけて言った。

「かしら、こんなとこに隠してありました」

手には涙に濡れた小さなＳＩＭカードがつままれていた。

オペ室

「第七話」

手術台はその部屋の中央に置かれている。単なる病室との違いは圧倒的な照明の数で、無数の明かりが台や手術器具のステンレスに反射している。限りなく明るいが、手術台の周囲は直接光源が目に入らないよう工夫されているのは勿論、執刀する医師自らの影も無くしてしまう無影灯が中央部を取り囲んでいる。まだ誰の姿もここには無いがいずれここは戦場になる。そう確信して息を呑み、静かに立ち尽くした。

医者の役だ。

このところ病院モノが増え白衣を着る機会もすこぶる増えた。あまり楽しい現場ではないことは確かだ。人の生命を扱っていることに加え、第一に台詞が難しい。カタカナの羅列が頻繁に出てくるのは勿論、意味で記憶することを拒絶する単語がしばしば登場する。おまけに言い回しがくどい。あるときは「多切除切除術」という文言に非常に苦労させられた。緊迫した状況であればあるほど「多切除切除術」が幼児言葉に変化していく。

しかし今日はオペシーンだ。大きなマスクをしていて口元が見えない。ということは「せちゅじょじゅちゅ」と仮に言ってしまっても相手役さえ噴かなければアフレコで対応できる。

手術室の自動ドアが静かに開き、ストレッチャーに乗せられた患者が到着した。四人の看護師と看護助手が手術台への移動をスムーズに執り行う。人工呼吸器をつけた七十代と思われるご婦人が横たえられる。それぞれ持ち場につきカルテの確認、心電図の取り付け、器具の準備などに忙しく動き出す。こちらの緊張感も自然と高まる。さて私は、何科の執刀医の役を演じているのか。

再びドアが開き手術着を着た助手の医師が三人入ってきた。総勢八人でかかる大手術。ということは、一人は麻酔医に違いない。全身麻酔の際に枕元で患者のモニターを見ながらそのつど薬を注入していく医師。一見地味だが欠かせないポジションで台詞や動きは少ない。一度看護師モノの作品で演じて退屈だった覚えがある。

あとの二人は助手。目だけしか見えないが、一人はアイドルグループの人気スターであるのが分かった。私でも知っている役者だから、おそらく彼とのやりとりがこのシーンの核になっているに違いない。

おもむろに手術台の患者の横に立ち、手術開始の宣言をしようとしていたら、アイドルが私を押しのけ大事な台詞を言ってしまった。

「これよりオペを開始します」

若い役者に花を持たせてここは一歩後ろに下がろう。それにしてもアイドル君、「手術」が言えなくて台本を「オペ」に変えたな。今日は良しとするが、今度は家で何度も練習して来たまえ。

麻酔医が合図をして執刀が始まり、アイドル君は助手と共に開腹手術に取りかかった。手元の寄りは後回しなので顔の表情が重要だ。額に汗する姿は真剣そのものである。

しかし多分この後、極めて困難な状況に直面し、若い二人ではどうすることも出来なくなり、教授の私に助けを乞うという設定だろう。間違いない。いいだろう。そうと決まればタイミングが来るまで背後で見守るのみだ。時々こちらにカメラが向くかも知れないので油断はしないぞと心に誓う。

患者の容態を観察する。人工呼吸器を外された老女を優しく見下ろした。全身麻酔がかかっているはずだが、ときおり苦痛に顔をゆがめている。混濁した意識の中で何を夢見ているのか。

するとどうしたことか、閉じていた瞼が徐々に開かれて行き、大きく見開かれたその目線は、しっかりと私をとらえたのである。

「おとっつぁま」

耳を疑った、どこの方言か分からないが私を父親と思い込んでいる。枕元に現れたのだろう。ここで否定しても彼女を傷つける。

「なんですか」と言って手を差し出して近づこうとし、ふと、自分の服が手術着で無いことに驚いた。なんと、お百姓さんの野良着を着ているではないか。医者でも教授でも無い。さっきから私は、なんのためにここにいたのだ。

すると同時に私は天井にワイヤーで引き上げられた。この世のものでもないことを確信した。

「おとっつぁま」

そこから一気呵成に場面が動いた。スタッフに連れられ現場移動させられる。セットの横に作られた巨大なお花畑に案内され、そこに鍬《くわ》を持って立っているよう指示された。

先ほどの患者役の老女が船のようなものに乗せられていた。ゆっくりとこちらに向かってやって来る。

「おとっつぁま」

三途の川が流れている。

「おめぇはまだ、こっちさ、来ちゃだめだ」
自然と言葉が出たが、これが正解だったらしく、彼女はスタッフに支えられて船を降り、再び先ほどの手術室のセットに向かって行った。

「カット！」

お疲れ様でしたと助監督に言われ鍬を置いた。放心し大道具の花がきれいで見とれていると、女性スタッフに「良かったら持って帰ってください。もういらないんで」と素っ気なく告げられた。

野良着のまま、元気な花を摘んで帰ることにした。

仇討ち

「第八話」

撮影所のメイク室には十五メートルほどの横に細長い鏡があって、その前に今日の時代劇の出演者が一斉に並んでいる。床山さんたちが忙しそうに各自に鬘《かつら》を合わせ、髪を結い上げていく。どの作品どの時代に拘らず、水戸黄門も遠山の金四郎も大石内蔵助も一列に並んでいる。

私も羽二重を載せ、中剃りの鬘をかぶり衣装部屋に向かった。豪華な衣装があてがわれ、二重三重と着せられていくことから、かなり身分の高い侍であることを物語っている。

俳優会館にある演技事務の窓口で昼食の弁当を受け取り、八四〇円を支払った。高いか安いかの議論はさておき、この扮装のままスタバに入ることも難しければ選択の余地は無い。階段下の物置に置いてある折り畳み椅子と弁当を持ち、ロケバスに向かった。


車内は男性、しかも武士ばかりで町人風情の者はおらず、間違い無く合戦の場面に出向くのであろう車内には緊張感が漂う。

網棚に弁当を載せた。昼食時までここに置いておかなければならないので慎重に場所を探る。今は冬だから問題無いが、夏場は置き場所によっては弁当が傷む。米粒が糸を引き悲しい思いをしたことがあるからだ。

満員のバスはゆっくりと撮影所を出て、通りを左折した。ここからどこに向かうのか。京都の町の東西も少しは理解出来るようになってきた。武士たちのちょんまげを揺らしながら満員のバスは京都の中心部に向かっている。

前に座った侍ふたりの会話が漏れ聞こえてきた。昨日までの三日間はずっと走るシーンばかりを撮っていたそうでかなり下半身の疲労の色が濃いということ。姫路城から京都までの長い道のりであったこと。羽柴秀吉役の役者がみんなのためにスポーツドリンクを差し入れたが、あんなものじゃ気休めにもならないということなどを、京都弁で嫌味に語り合っている。

ということは中国大返しであろうことが想像出来た。主君織田信長の仇を討つため、戦中の毛利と和睦し、十日で京都近郊まで辿り着いたという秀吉の有名なエピソードである。同乗している京都の大部屋さんたちは、毎日同じ作品に出続けているとは限らないが、この作品が戦国時代モノであることは確信出来た。

バスは二条城を越え御池通《おいけどおり》を鴨川のほうに向かって走っている。烏丸の辺りはかなりの繁華街で、この付近にロケ場所があるとは思えない。しかし信号をバスはゆっくり右折した。停まって左を見るとそこには本能寺がある。

間違い無い。本能寺の変である。

バスはしばらく停車していたが間も無く動き出した。近くだがロケは別場所だったという。いいだろう、申し分ない。決戦の舞台となった寺に一礼する。

今日の撮影が本能寺の変だと分かって、あらためて考えた。自分は、どちらを演じるのであろうか。二択である。

織田信長か明智光秀か。

蘭丸でないことは明らかだ。どちらでも良い。演じるに不足は無い。衣装からして、その他の雑兵《ぞうひょう》でないことも確かだ。

バスを降りると美術トラックがあり、そこで各々小道具を受け取る。列に並んでいたが、何も持たずにロケセット内に入るよう促された。襲う側の光秀であれば当然、鎧甲《よろいかぶと》に武具一式装着させられるはずである。間違い無い、私は織田信長だ。

古今数多の作品で、数々の名優によって演じられた信長役。よりによって最期のシーンから撮り始めるという理不尽を感じながら、武者震いをし、はやくも辞世の句をそらんじ始めた。

いろいろな作品の本能寺が頭をよぎる。はたして本作は、能を舞っていて討たれるのか、槍で闘って斬られるのか、火の中で静かに腹を切って果てるのか。いずれにせよ監督がどう演出したいかだ。助監督に促されるまま本堂の寝所に入った。
まもなくカチンコが鳴り芝居が動き出した。屋敷の周囲が騒がしくなり、随所で敵の襲来を告げる声が轟く。火の手も上がっているようだ。布団から立ち上がり身構えたところに森蘭丸が飛び込んできた。曲者たちが襲ってきたという。私は落ち着いて、覚悟を決めた表情で語った。

「光秀の手のものか」

蘭丸がきょとんとした顔をしている。ひと間あってとにかく逃げろと催促された。私はここで能を舞う準備も出来ていたのだがそういう演出ではないらしい。蘭丸に手を引かれ外に出た。このタイミングで蘭丸に槍を渡されるかと静かに目を瞑り、手を差し出したところ、女物の着物を渡された。これを着ろという。変わった監督さんだ、女装して舞えというのか。悪くないだろう。

着替えたところでまたもや蘭丸が私の手を取り引きずって行く。小さな物置に隠れろと言う。いくらなんでもこんな史実はない。

「戯れるでない、森蘭丸」

呆れた顔でこちらを見つめ、私を物置に押し込めようとする。さすがに激しく抵抗したが周りに加勢が現れた。見ると普段着の助監督たちである。「早く入ってください、間も無くきっかけが来ます」。意味が分からないが従わざるを得ない。炭だのゴミだのが積まれた狭い物置に閉じ込められた。烈しく暴れた所為《せい》で汗まみれだ、そこに炭が付着して酷い顔になった。おまけに鬘がぐしゃぐしゃだ。こんな信長は見たこと無い。きっかけが来る前にメイクさんに来てもらわなければ。それにしてもなんだこの衣装は、この時代にショッキングピンクだぞ。ありえないだろ。衣装さん、衣装さんはどこだ。

がらっと物置の扉が開き、今朝メイク室で会った大石内蔵助に扮したＳ君が高らかに叫ぶ。

「吉良殿、お覚悟」

日当

「第九話」

地図を頼りに駅からの道を真っ直ぐ北に向かっていた。今日の撮影現場まで自宅から片道二時間。一日だけのロケなのでまだいいが、連日この移動ではこたえる。国道を越えた辺りから、住宅もまばらになってきた。空き地や畑などののどかな景色が連なり、コンビニなども見当たらない。何か駅前で買ってくるべきだったと悔やんだが戻れる時間では無い。自動販売機が見えたので、とりあえずお茶とコーヒーを買って鞄にしまった。

しばらく行くと地図に示された地点に辿り着く。そこは大きな建設現場のような場所だった。高所クレーンに吊られた機材が搬入されている。今日は特機を使ったかなり大がかりな撮影になりそうだ。怪我の無いよう安全第一で取り組もう。

ロケバスや撮影スタッフがいないか周囲を見回したが、それらしい車も人も見当たらない。地図に書いてある演技事務の女性の携帯にかけたが繋がらない。一周して入り口と思われる場所で立ち尽くしていると、照明スタッフか美術スタッフか分からないがトラックからコンテナを搬入してくるのが見えた。挨拶したら返してくれたのでこの入り口に違いない。頭上にはっきりと大林組と書いてある。間違い無い、ここが今日の撮影現場だ。

どれほど昔からの慣習か定かで無いが、映画の撮影隊は監督の名字に組と書いて呼び合う習わしになっている。撮影スタジオの入り口には黒澤組や北野組と書いてある。

別に反社会勢力を気取っているわけでないが、監督を頂点とした座組のシステムは反社会のそれと近いのかも知れない。

それにしても今日は「大林組」だ。大林宣彦監督には一度お世話になっている。おおらかで優しく、作品は大胆にして骨太。北海道のロケは合宿所のようで楽しい思い出しかない。しかし待てよ。監督は先日お亡くなりになったはずだ。ということは、違う大林監督だ。自分の早合点を恥じた。ここで気づいて良かった。

入り口をくぐると警備員がいてヘルメットを被るよう指示される。持ってないと言うと詰め所からひとつ持ってきて貸してくれた。深く被ると髪や顔に跡がつくので浅く斜めに被っていたら、きつく咎められた。

控室やメイク室が見当たらない。あちこちに作業員役のエキストラがいて、誰が本当のスタッフなのか見分けがつかないのだ。

ヘルメットに三本線が入った作業着の人がいて大声で指示を出している。多分助監督のチーフだろうと声を掛けた。すると時間だからまずそこに整列してくださいと言う。

振り向くと、空いたスペースにスタッフやエキストラが集まって来ている。慌てて荷物を隅に置き、列に加わった。知った顔の役者でもいないかと見渡したが、見事に労働者然としたエキストラに紛れて見つけることは出来ない。

するとそこで、おもむろにラジオ体操が始まった。撮影開始に準備運動を一斉にする撮影隊など初めてだ。しかし皆、当たり前のようにお互いの間隔を取り手足を動かし始めた。小学校以来に思えたが案外憶えているものだ。前にいるニッカボッカをはいた小柄なおじさんにつられて一気に深呼吸まで辿り着いた。

そのあと助監督が台上に上がって今日の撮影予定をハンドマイクで伝え始める。しかし早口に加えてトラメガの調子が悪く聞き取れない。だいいちスタッフ会議に俳優部は必要ない。早くメイクを始めなければヘルメットの跡が取れないと焦った。

聞き取れない打ち合わせが終わりスタッフとエキストラは散会した。私はまず監督に挨拶に行くべきだと思い、助監督に監督の所在を尋ねた。

「大林監督はどちらに?」

助監督は私の顔を見つめたまま固まった。ややあって、「監督は私です」と言う。しかし胸の名札には谷崎とある。じゃあここは谷崎組ですかと問うと、呆れた表情で「大林組の現場監督の谷崎です」と言う。まあいい、こいつとは話にならない。現場監督なんて聞いたことも無い。支度場所はどこだと問うと顎《あご》で示した。

メイク室も衣装部屋もない、ロッカーが並んだだけの空間に佇み途方に暮れた。さて私はどうしたものだろう。

そこに同年代と思われる屈強な作業員から声を掛けられる。「あれ、今日一日だけの人?」。もちろんロケは一日で終わると聞いている。私はそうだと答えた。そのままでいいから来てとせかされる。仕方無い、普段着とヘルメット姿で後に続いた。

どうやらこの大林監督は、臨場感やその場の空気を重視する演出で、ドキュメンタリー的手法で撮影していくという企みなのだろうと合点した。前を行く作業員も役者なのか本職なのか見分けがつかない。そうと決まれば私もやりやすい。普段着にノーメイク。なるべく自然体で、彼に従って作業を進めよう。カメラがどこから狙っていてもいいように。

屈強な作業員は石工であった。ビルの外壁に石を貼りつけていく。それにしても卓越した技術力、よく訓練したものだ。私は終日彼の手足となり、石を押さえ、セメントを練り、休憩時間にはジュースを買いに走った。カメラの存在を意識しないよう自然に振る舞った。昼食は彼と共に食べ語らう。顔は見たこと無いが、ナチュラルな芝居をする名優だ。名前を存じ上げなかったことを恥じた。

五時きっかりにサイレンが鳴り作業は中断した。カチンコは鳴らないが撮影終了だと思われる。疲れを労われ、お互い握手を交わす。すると彼から、おもむろに茶封筒を差し出された。

「その中に紙が入ってんだけど、そこにサインしてくれないか」

言葉遣いはともかく、少しはにかんだ表情で彼が言う。いいだろうお安いご用だ。

封筒を開けると、一万円札と領収書が出てきた。

独房

「最終話」

三方は白い壁で窓は無い。六畳ほどの広さの部屋には、トイレが仕切り無く剝き出しのまま設置されており、そこが異様な空間であることを物語る。残る一方の壁面は鉄格子で覆われており、間違い無く牢獄であると想像出来る。収容されているのは私ひとりで、他人の存在の痕跡も見当たらないことから独居房であろう。私は濃いグレーの作業着を着せられており、胸にはＥ２０４５番と縫い付けてある。鉄格子の向こう側には廊下があって、他の部屋は近くに無いようだ。

私は囚人の役を演じているらしい。

留置場なのか、拘置所か、はたまた刑務所か。

ここが警察署内であり逮捕直後であれば所轄の留置場。しかし留置場はおそらく独房では無い。起訴されて裁判中の未決囚であれば拘置所、そののち刑が確定していれば刑務所だ。それぞれ雑居房と独居房があるが、はたして、どういう経緯でここに収容されている役なのであろうか。

「ええっと、誰かいませんか」

罪状について考える。軽微な犯罪か殺人罪か。痴漢かコンビニ強盗か。それによって演じ方も大きく変わってくる。冤罪《えんざい》の可能性は無いか。無実の罪を着せられた無辜《むこ》の市民。あるいは政治犯の疑いをかけられた天才科学者だって無いとは言いきれない。

「誰でもいいんで、返事してくれ」

それに刑期も気になる。すぐ出られるのか終身刑かはたまた死刑か。懲役はないのか、禁固刑か。

まあいい。しばらくすると看守がやって来てストーリーが動き始めるだろう。外の光が入らず時間の感覚は無いが、そろそろ食事が近いはずだ。適当な差し入れ口が見当たらないのに、看守はどこから給仕するのだろう。

すると壁に奇妙なストローが二つ出ていることに気づいた。触っていると片方から水が出てきた。吸うと飲めるような仕組みになっている。もう一方からは、流動食のようなものが流れ出てきた。まさかとは思うがこれが食事じゃないだろうな。脳が烈しく拒絶している。

「ちゃんとした飯はないのか」

それにしても看守は来ない。給仕係すらも現れない。

近未来的な構造を持つ、非人間的な収容所であることは理解した。ではこの作品、どういう展開に持って行きたいのか。次に来るべきシーンを想像する。

刑務所といえばガラス越しの面会シーンは外せない。面会希望者は私の家族、あるいは弁護士、もしくは支持者。新聞記者なんていう展開もあるだろう。私にだけは正直に答えてくれませんかと問うてくる記者。私は無実だがここに政府の暗躍を暴く書類がある、これを貴方に託したい。看守の目を盗み密かにマイクロチップを渡す。堅く結ばれた友情。あれこれ考える。

「おーい」

まだ看守は来ない。

あるいは、私は死刑囚の役で執行の日を恐れている。静かに近づく足音は私の房の前で止まった。鍵が開けられ静かに出ろと言う。傍らには牧師の格好をした教誨師《きょうかいし》が立っている。覚悟を決め彼らを見つめて立ち上がろうとするが足が小刻みに震えよろめいた。

両腕を抱えられながら長い廊下をゆっくりと進む。何か思い残すことはありませんかと問われ、私は貝になりたいと答えた。ありきたり過ぎて呆れる。

「おーい、おーい」

まだ、看守の姿を見ていない。

たとえば、私は脱獄王と呼ばれた伝説の囚人で、数々の脱走を繰り返したのち、刑務所の威信をかけて作られたこの独居房に入れられた。ところが私は諦めない。ストローから流れてくる流動食を、飲み込んでは嘔吐を繰り返した。胃液と混じった吐瀉物は強い酸を帯びており、それを鉄格子に付着させる。何年か後、腐食した鉄格子を外し、見事人生八度目の脱獄に成功したのだ。パピヨンでもあるまいし。

「おーい、おーい、おーい」

はたしてここに看守はいるのか。

役を想像するのも飽きてきた。これは劇中の出来事であるのかさえも怪しくなる。そもそも誰も現れないし、何日経ったのかも分からない。独りのシークエンスも必要だが、他者との関係があってこその孤独なのだ。

どんどんどん、壁を叩いてみる。

今、私が置かれている状況。時間は経過していく中、相手役も現れない、場面設定も変わらない、観客やカメラの存在も見当たらない。無に近い。空《くう》では無い。無から、何も生まれてこない。

「聞こえるか、おーい」

何も聞こえない。
なんのために役を演じてきたのか。自分のためか、いやそうではないはずだ。誰かのために、いやそんな偉そうな気持ちはない。誰かに乗せられて、いや責任転嫁はよそう。金のため、それは難しい質問だ。

壁を叩く、壁を叩く。

手から血が流れる。

「ゴドーを待ちながら」

それだってウラジミールとエストラゴンの二人いるから芝居になるのだ。

無音。

ひとりであることに耐えづらくなる。

無音。

思考を停止させられる機能があればまだましなのだが、無にあっても脳の思考は止まらずに回転し続けている。それは言葉にできるような論理ではなく呪詛に近い譫言になってきた。これはもはや表現には値しない。いや、愚者だ、私は。

「誰か来て私を絞首台に連れて行ってくれ」

こつこつ、こつこつ。

足音が聞こえる。
こつこつ、こつこつ。足音が近づいて来る。

頼む、立ち止まらずに姿を見せてくれ。

こつこつ、男の足音だ。こつこつ、しかも大柄な。

こつこつ、耳に入る音からあらゆる情報をかき集める。

こつこつ。大きな影が視界に入る。

こつこつ、ぴたっと立ち止まった。

五感を研ぎ澄ませ、男の気配を探す。

ややあって……カチンコの音が鳴る。

鯖煮

「エピローグ」

京都駅から地下鉄に乗って三駅目の烏丸御池で降りた。階段を上って二番出口に出ると春の日差しが眩しい。最初の路地を右に折れ、押小路通《おしこうじどおり》を左に行くとまもなくその店はある。一時を少し過ぎてしまったが、お昼の献立がなくなっていないように祈る。暖簾はかかっているので間に合ったようだ。カウンターの空いている席に促され腰を下ろす。日替わりと鯖煮の定食があるが迷わず鯖煮を頼む。温かいほうじ茶で一息ついた。

この店はかつて四条大宮にあった。カウンターが五席あるだけの小さな店で「鯖煮一嬉《かずき》」とだけ看板に書いてあり、中ではおばちゃんがひとりで切り盛りしていた。何度も表を行き来するうちに気になり、意を決して入ったところ、以来その鯖の虜になってしまったというわけだ。酒は缶ビールしか無いので長居は出来ないが、おばちゃんとの世間話が不慣れな京都暮らしを和ませてくれていた。

真っ黒に煮込まれた鯖をつつきながらぼんやり考えた。

独房の中に現れた男は一体誰だったのか。
そして最後に聞こえたカチンコの音はなんだったのか。

そのことが頭の中でぐるぐる回り始め、何故か品川駅から新幹線に飛び乗ったのだ。

カチンコ。映画やテレビの撮影現場に欠かせない道具のひとつだが、なんの為に使うものか分からない方も多いだろう。たいていは助監督の四番手五番手、新人のちょっと上クラスが持たされ、黒板状の部分にチョークで何シーンの何カットでテイクは何番目であるということを書く。それをカットの最初と最後にカメラ前でカチンと鳴らす。映像としてカメラの前でカチンと打つと同時に録音部のテープ(今はもちろんテープじゃないが)にもそのカチンが記録される。始まりと終わりをそれぞれ共有しなければ編集の段階で大変なことになるというわけだ。

そして大事なのはカットの終わりは素早く二回連打するということだ。

この二回連打がなかなか難しく、新人助監督はカチンコを家に持ち帰り連打の練習を課せられる。失敗すると殴られる恐れもあった時代は命がけである。

ということは、あの時現れたのは助監督で、そして、鳴らしたカチンコは一回、はたまた二回なのか。

あれは始まりの合図だったのか、それとも終わりを告げたのか。

その答えが見つからずに、京都まで漂ってきてしまった私がいる。今は自分が何をしに京都に来たのかすら、曖昧になってしまった。目の前の鯖煮だけが現実で、あとは全て幻のように思える。処刑された魂が幽体離脱して鯖を食べに来たにすぎないのかも知れない。

とりあえず咀嚼する。味覚のみがリアルに私の脳に訴え続けている。

噛んで味わい飲み込む。箸でつまむ口に運ぶ咀嚼する。

噛んで味わい咀嚼する。箸を置いて茶をすする。

「あれは、一回ですやろ」。誰かの声が聞こえる。

「あの時は一回こっきりしかカチンて鳴ってまへんよなぁ」

振り向くとあの時のバスの老人が定食を食べていた。

言葉を失い唖然とした私に老人は続けた。

「憶えてくれてはる？　ずいぶん前にバスん中で声掛けてしもて。いやぁ、お久しぶりで、えらいご活躍でぇ……」

相変わらずおじいさんかおばあさんか分からない、しかしお元気そうで何よりだ。

「あんな、久しぶりに会ったお兄さんに聞くのも変な話やけどな、あれ一回やろ？」

何の話か分からなかったが、老人の話に耳を傾けた。

「最後に出てきた助監督役の人が叩いたカチンコの音の数や」

「はぁ」。曖昧に返すしかなかった。

「あれ何年前やったか、バスで会《お》おてからな、帰って名前調べて、それ以来ドラマやら映画やらちゃんと見てたんやで。よう出てるし、チェックすんの大変やったわ。あ、そや、こないだ夜中やってた「独房」、あれ良かったなぁ、どきどきしたわ。ドラマやのに視聴者に結末を選んでもらういうんも斬新やな。私は赤いボタンを押したで、リモコンの。あれで終わりにしてほしゅう無かったからな。そやから、私が押したんは一回のほうや、あっこからドラマが始まるんやろ」

そういう双方向のドラマがあるとは聞いていたが、あの作品がそうだとは思わなかった。老人はカチンコは一回だと思ったわけだ。

もしそうだとすると、あれでドラマは終わっていない。続編が必ず作られるはずだ。ということは私はいまだに俳優を続けており、京都に来たのも撮影の為だということになる。足元に置いてあった鞄の中身を探ってみた。台本が二冊出てきた。

「これから撮影ですやろ、今の時期の京都はええよ。休みあったらまた、寺にも顔出してな。あ、そや」

何かを探してる様子だったが、諦めて目の前の箸袋と店員に借りたボールペンを渡しながらこう言った。

「何かの記念や、サイン貰ぉとこかな」

「お安いごようです」

少し醬油の跡のついた箸袋の皺を伸ばし縦に置いて書く体勢をとった。

「宛名はどうしますか?」

老人が答えて言う。

「ミロクや。あ、カタカナでええで」

演者戯言

えんじゃのざれごと

目次

設定を変えてしまうほど自白に影響を与える食べ物の存在

僕のように、だらだら長いこと俳優やってる人間はね、一年中ずぅーっと刑事かヤクザのどちらかの役の台本が鞄に入っているものなんです。飽きさせないように時々、医者か弁護士役が紛れ込んでる。延々その繰り返し。嫌いじゃ無いが飽きてくる。じゃあ、恋愛ものやヒーローものをやりたいのかって言うとそうでも無い。年齢もあるし。そもそもその手の役の適齢期に仕事が無かったからやり方が分からないっていうのは悲しい事実。

これらレパートリーのなかでも頻度で言うとダントツに多いのが刑事役ですね。一年のうち半分は衣装の中に警察手帳を忍ばせてある。

しかしね、普通に生活してて、現役の刑事さんにお目にかかることなんて殆ど無いでしょ。退官された方が警察指導という名目で撮影現場に来られることがあっても、現役の刑事さんとはねぇ。飲み会セッティングされたらホイホイ行くのに。聞きたいことは山ほどありますよ。でも守秘義務多そうだし、口堅そうだし、はめ外して逮捕されんのもやだし。

刑事役でもいろいろあって。良い刑事悪い刑事、熱血刑事にベテラン刑事、人情派知性派、行動派窓際派、ヤクザよりヤバいマル暴、捜査会議で報告するだけの刑事、出てきてすぐ殉死する刑事、ストーリーに直接関係の無い刑事。あ、はい、それわたし全部やってます。そんな様々な刑事モノを集めた短編映画の祭典「刑事《デカ》まつり」も今となっては懐かしい。

それで本題です。そんな架空刑事歴三十年余の僕でさえも、いまだに取り調べの定番と言われている「カツ丼」を出したことが無いということ。

貰う側の立場から言っても皆無。なんでも利益供与に当たるとかで、今は禁止行為なんだそうです。

長時間にわたる取り調べの佳境《かきょう》。おもむろに取り出されるどんぶり。蓋を開けると湯気の向こうから半熟の卵と衣を上品に纏ったトンカツ、周りを彩るキツネ色の玉葱《ねぎ》、冠には気品高くグリンピースが添えられたこれは、紛れもなく神々しい「カツ丼」ではないか。

カツを口に含む自分を想像してみる。まず官能をくすぐるのは豚の脂だ、だしは甘めじゃ無きゃだめだ。まったりまろみのある醬油、そして肉汁をしとどに含んだ衣、からの〜、肉。そして飯飯飯。かっこみ。咀嚼。咀嚼。

「監督、これ食べちゃうと思わず自白しちゃいます。だから食べません。それか、食べちゃって、自白しちゃう設定に変えちゃいます？」

コンビニのハーフカツ丼
「小さいから大丈夫。」
何がだ?

昨日ニンニクさんざ食った奴の臨終に立ち会う気分は如何

何度、人を殺してきただろうか。いやこれまでに、何回死んできただろうか。

ひとつの作品で多数の殺人を犯すことは可能です。しかしひとつの作品内で二度死ぬことはありえない。あ、ゾンビなら、あるかもね。だから、殺した数のほうが多いね。うふっ。

映画でもテレビでもお芝居でも、「死」というものがそこに寄り添っている作品は多い。いや、多いでしょ。

どんな作品の撮影や稽古に入る前でも、役を演じる上で、医者の役なり弁護士の役なり、本職からの技術所作指導というものがあるもんですよ普通は。

しかしながら殺人者も被殺人者も本職というものは存在しない。いや、いますよ実際は。でも殺し屋さんも臨死体験者も撮影現場に来てはくれないのだ。つまりレクチャー無しの想像力。

殺すことに関しては殺陣師が現代劇でも時代劇でもアイデアをくれますよ。でも死に方に関しては誰も教えてくれないんですよ。刺殺、絞殺、薬殺、爆死、そして様々な自殺。俺、どうやって死んだらいいいんだろ。

それでも、昔観た映画のような大仰な死に方はリアリティが無いと思われてしまう。だが自然にと言われても、困るよ。うん。

困ったついでに言うと、目を開けて死ぬか、瞑るか問題。これも監督に確認する。

あと、死んだ後のシーンが長い場合呼吸はどうしたらいいか。撮影監督に確認して腹部にピントがあっているか確認しよう。確かめてから衣装でごまかし、ゆっくり腹式呼吸。

動くな、泣いてる彼女の芝居が台無しになる。

ちょっと前の話。某グルメドラマでニンニク料理をしこたま食わされた。翌日も終日臭うレベルだけれども大丈夫ですかと脅された。

冗談交じりに「明日キスシーン無いから」なんて言って、はたと思い出した。明日は大河ドラマの撮影で、朝一番で臨終のシーンではなかったかと。

台本を確認すると美女三人に囲まれ息絶えている、そして台詞もある。あらゆる策を講じたが、臭いいかんともし難く。南無三《なむさん》、無呼吸で台詞を言い切り、無呼吸で死にきった、苦しくて涙が出た。

それでも、動くな。泣いている三人の美女の涙が台無しになる。

北海道の春の山菜、
行者《ギョウジャ》ニンニクの
しょう油漬け。
栄養満点で
おいしいけれど、
しばらく
臭いが・・・・

 演者戯言　昨日ニンニクさんざ食った奴の臨終に立ち会う気分は如何

脳に詰まった起訴状がカレーに追い出され睡魔が襲う午後

幸いなことにこの歳になるまで誰かに訴えられたこともないし、いくら頭にきても裁判沙汰に持ち込んだことも無い。

しかし役者として生きていく上で避けて通れないのが裁判もののドラマや映画。所謂弁護士役だったり、検事役だったり、あるときは裁判官や傍聴人、はたまた廷吏《ていり》の場合もある。

裁判所では大した動きも無く台詞の応酬で話が展開する。だいたい劇の終盤十五分ほどかけて謎解きから話が一件落着するような流れになるものが多いのではないかな。勝手なこと言うと作家先生に怒られるかも知れないけど。

弁護士目線のドラマならば敵役の検事が、検事目線で語られるドラマならば敵役弁護士が、序盤で一気呵成に相手を追い詰める長台詞が用意されている。そっち専業の私には多かったのだよその手の長台詞。

それが実にムズい。被疑者名、被害者名、目撃者名それぞれの固有名詞。現場の地名、凶器の名称、日付時刻の数字。

このような、感情とは全く関係無い言葉を淀みなく朗唱しなければならない。ま、しかし、主役は後半に謎解きがあるので敵役ばかりが不利ということではないんですけど。

かなり前、裁判ものの連ドラをやることになって、勉強のために傍聴に出掛けたことがあるんですよ。朝、裁判所に出向くと今日行われる裁判の内容とその法廷が入り口で閲覧できるようになっているのね。

しかし、後日怖い人に「てめぇあの時覗いてやがったな」なんて言われるのが怖くなりましたので、「殺人」や「強盗」などを避けて比較的穏やかであろう「痴漢」と「詐欺」の法廷に絞りました。

実際の法廷はというと、勿論発声練習していた人なんかいないから、全てがボソボソと進む。起訴状の朗読から反対尋問、聞こえるか聞こえないかボソボソ。「異議あり」も声が小さくて聞こえなかった。

さして参考にもならずに、撮影は進んだ。その日検事役の僕は朝から喋りっぱなしで起訴状を読み被疑者を追い詰めた。検事サイド中心の撮影は午前で終わり午後からは弁護士側。ほっと一息、朝から何も食べていなかったのでケータリングのカレーをおいしく平らげお代わりまで頂く。

眠気も襲う昼休み後。助監督が曰く「午前中撮りこぼしがありまして検事側の最初の部分をもう一度行きます」。

えっ、戻るの。いやいや、カレー戻せないよ。

台詞の代わりにカレーの詰まった僕の頭からは、あらゆる固有名詞がどこかへ飛んで行っていた。

カレールー
ごはん
福神漬
小さいカレーの世界をスプーンでつくって食べる。

異国で異教徒になった日の寿司と浴槽その冷たさについて

三十年以上前の話だ。蜷川幸雄の劇団に入った僕は、幸運なことに入団二年目にして、海外公演に連れて行って貰うことになった。ロンドンのテムズ川の畔《ほとり》にあるナショナルシアター、即ち英国国立劇場において、「マクベス」と「王女メディア」二本立ての舞台に立つのである。

初めての海外旅行でもあった僕は、期待に胸膨らませ新宿紀伊國屋書店の旅行ガイドコーナーに向かった。公演終了後、そのままバックレて英国内ひとり旅を企んだのだ。

イギリス旅行のガイドブックを立ち読みしていると、ふいに年配のご婦人に話し掛けられた。

「あなたイギリスに行かれるの?」と。

浮き足立っている僕は、よせば良いのに国立劇場で日本語のお芝居を演《や》るんだ的なことを喋った。そのおばさんもたまたま同時期にロンドンにいるらしく、良かったら向こうでお会いしましょう、食事でもご馳走してあげる、などと言われ、舞い上がっている僕は、言われるままに名前を告げた。

もちろん全く無名の新人時代、話半分、いや社交辞礼の挨拶程度だと高を括っていたのだ。だって紀伊國屋の本棚の前だし。


ところがそのおばさん、どうやって突き止めたのかロンドンの僕らが泊まっているホテルに現れた。「お寿司でも食べに行きましょう」

驚くより、英国に旨いものが無いことに気づき始めた僕は二つ返事でついて行った。

車に揺られること一時間、期待は不安に変わり始める。

着いた処《ところ》には何故か日本語の看板。そして「教会」という二文字が。入るとそこは間違いなく礼拝所、屈強な神父のような男もいる。

「食事の前に洗礼を受けましょう」。有無を言わさず、着てるもんを脱いで、白い布一枚纏いなさいと。そんで目の前の浴槽に入れと。

やばいやばい。頭の中は後悔の二文字でいっぱい。しかし、ホテルに帰してもらわなければ夜の本番に間に合わない。走って逃げ帰れる場所ではない。南無三、この状況で改宗したとて釈迦も先祖も許したもうぞ。

意を決して冷たい浴槽に入ると神父がハレルヤと唱えよと。小さく「ハレルヤ」と答えると、もっと大声でと言わんばかりに背中をバンバン叩かれた。

「ハレルヤ、ハレルヤ、ハレルヤ、ハレルヤ」

滞りなく洗礼の儀は終わり、別室に促された。そこに「寿司」はあった。しかしそれは「ちらし寿司」だ。しかも、所謂北島三郎氏が宣伝していたタイプのものだ。

何かの信徒になった僕は冷え切った身体で、英国一不味い「寿司」を食べたのであった。

好きなものから
食べる？
残しておく？
まよいすぎて
玉子焼きで
残りの寿し飯
食べることある。

沈黙するポテチ片手の羊たち
その記念写真が手許に無い件

劇団に入って二年目の僕をロンドン公演に連れて行ってくれた師匠の蜷川幸雄さんにはほんとに感謝しなくちゃいけない。レセプション用に必要な背広一式も、貧乏な僕の爲にご自分のお古を恵んでくれた。ま、烈しくつんつるてんではあったんだけど。

初めての海外旅行、降下する機内から覗いたロンドンの街は黄金色に輝いていた。真っ直ぐにテムズ川の畔にあるナショナルシアターに向かう。直訳すれば「国立劇場」である。大中小三つの劇場が入っていて、連日各劇場でそれぞれの演目が上演されている。そこの中劇場「リトルトン」で僕らはシェークスピアを演るのだ。もちろん日本語で、戦国時代の甲冑《かっちゅう》を纏って。

劇場内は三つの小屋の楽屋が入り乱れていて、至る所に向こうの俳優さんがいる。しかも食堂も一緒なのは楽しい。すこぶる不味いのは目を瞑ろう、ここはイギリス、名物はフィッシュ&チップスのみ。

おまけに、終演後に一杯ひっかける「楽屋パブ」まで入り乱れられるのだ。うーん「楽屋パブ」なんといい響きだろう。当然日本には無いよ、うん。無い無い。

僕らは芝居がはねた後、連日入り浸った。我々の芝居を観た英国人俳優が話し掛けてくる。沈黙は芸が無い。「パードン? パードン?」。言ってても埒があかない。カタコトの英語とボディランゲージ、そしてシェークスピアの台詞を日本語で叫べば、なんと雰囲気で意気投合できた。ビールとスコッチ、つまみはポテチ。楽しかったなぁ。

ある日、僕ら若手の大楽屋にそこの小劇場で主役をやってる役者さんがやって来ることになった。日本の若い俳優と交流を持ちたかったのだろう。「アンソニー某」という舞台俳優で、残念ながら僕は知らなかった。「パーキンスなら知ってるけど、ホプキンス? 誰やそれ」

的な発言をした記憶がある。一緒に写真を撮る段になっても、握手しながら失礼にも「オッサンも頑張れよ」的なことを口にした記憶がある。なんせ休演日はライブハウスにジョン・ライドン目当てでP．I．L．（パブリック・イメージ・リミテッド）を聴きに行ってたパンクな年頃の僕だ。その写真も焼き増ししてもらわずに手許には残っていない。今となっては実に惜しいことをした。

それから数年後、「羊たちの沈黙」という映画の中に、強烈なインパクトを放ち旋風を巻き起こすことになる、あの時の「アンソニー某」がいた。

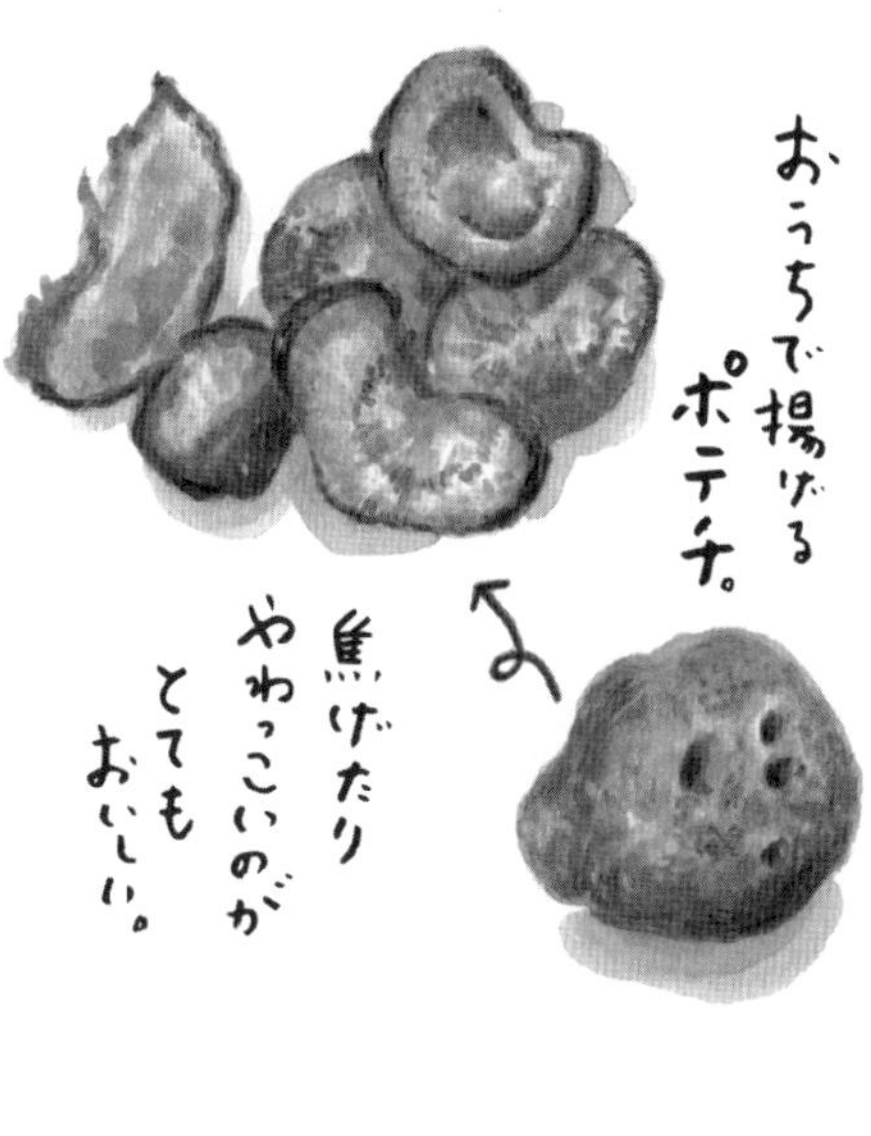
おうちで揚げるポテチ。
焦げたりやわっこいのがとてもおいしい。

背が伸びる秘訣をと問われたら
とりあえず牛乳と答えるよ

いきなり昭和の給食に遡りますよ。

僕の年代でも、あの悪名高い脱脂粉乳の経験者は少ない。でも僕の通った小学校の給食には、何故か出されていた。たとえようが無いなぁあの不味さ。と共に立ち上《のぼ》る不快な臭気。飲めずに残そうもんなら担任から殴られる理不尽。ま、隔日だったから耐えられた。そう、ここがミソ。二日に一回は牛乳が出た。つまり今日、鼻をツマんで我慢すれば、翌日は美味い牛乳にありつける。

中学に上がり脱脂粉乳が駆逐された後も、何故か牛乳を有り難がって飲んだ。冬場クラスで余った牛乳もゴクゴク飲んだ。欠席者の分もゴクゴク飲んだ。友人のKもゴクゴク飲んだ。競い合って飲んだ二人はメキメキ背が伸びた。僕は中三の卒業時に187センチ、ちびだったKも180を超えた。

牛乳のおかげで大学入学時には身長190の大台を超え、図らずも着るモノと履くモノに苦労する人生がスタートすることになる。

それでも学生時代は良かったが、俳優としてプロでやっていくには、当時高身長はデメリットしか無かった。相手役と釣り合わないのは勿論、衣装も既製のものは合わない。プロフィールは身長189センチと過少申告し、尚且つ衣装合わせには必ず自前のスーツを持参していく。だから若い頃の作品を観ると、同じ色のダブルのスーツを着た、チンピラヤクザの僕があちこちにいる。

時代劇の場合はそうもいかず、つんつるてんのハカマを、膝の上あたりできつく結ばれて、真っ直ぐ歩くのもままならない用心棒の僕がいる。

時代は流れ、現場に高身長の若い俳優部が男女問わず溢れ、衣装合わせでも、数ある中から選ぶ自由を与えられた。

しかしそんな我が世の春も束の間、五十を間近にした頃の話だ。ドラマの撮影でカットがかかった直後、相手役から「あれ縮みました？」と問われる。同じ高身長で何度も共演歴のあるA氏からだ。目線の位置が以前より低いというのだ。同じ身長の者でしか知り得ない違和感を彼は感じ取ったらしい。

そんなこた無いだろうと高を括っていたが、ある時、腰痛で整形外科に行き、念のためMRI検査を受けたところ、椎間板が著しく減っているという。しかも何ヵ所も。帰りに身長を調べたら187センチと告げられた。いや、それでも十分巨人族は巨人族なんだが、並みの巨人に成り下がったようだ。

思春期以降、これ以上伸びちゃ困ると牛乳絶ちをしていた僕だが、最近ミルクを温め、就寝前にゆっくり味わって飲む楽しみを覚えた。これ以上縮みませんようにと念じながら。

熱々牛乳の「まく」。
箸ですくってしみじみと食べる。
小さなころは苦手だったよ

坊主頭の中学生はレゲエとパンクの間で揺れ動くのだった

中学校男子生徒は全員五分刈り以下の坊主頭にす。そんな時代に育った。クリクリ頭の中坊に似合う服装といえば学生服以外は「ジャージ」しかない。

だから映画を観に行く時も、ミスドにお茶しに行く時も、オニツカのジャージが正装だった。高校に入っても柔道部で坊主頭だったから、ジャージがアディダスに変わったぐらいだ。赤の上下で中洲の映画館に行き、顔も真っ赤にしながら飲みにくいマックシェイクを啜っていた。

全員坊主。この旧時代的な悪習のせいで、大事な思春期のファッションが、ほぼ「三本線」

で片付けられる。いざ髪を伸ばした時に、何を着て街を歩けばいいのか分からなくなる。しかしオシャレへの渇望は日に日に高まっていった。

東京の大学に入って、いよいよ髪を伸ばした僕は、愕然とする。真っ直ぐな毛髪が生えてこなかったのだ。

「縮毛」。活字にするのも忌わしいその響き。「天パ」「小池さん（藤子不二雄さんの漫画の登場人物）」「チン毛頭」。ひたすら耐えた。

パンク・ロックに憧れていても、ツンツン頭にはならない。蝿が頭の中で逃げ出せずにブンブン唸ってる。そんな未来は坊主頭の僕に想像すら出来なかった。

それでもあがいて伸ばしてみたら「天然ボンバー」になった。捩《よじ》ってみたら「天然ドレッド」になった。「縮毛矯正」の文字に騙され美容院で3万も払ったのにシャンプーしたらレゲエの兄ちゃんに戻った。

そんな髪でよく役者の仕事が出来るなとお思いのあなた。そうなんです、その日の気候によってボリュームが増減する乾湿計のような盆栽頭は、メイクさん任せに出来ない。くるくるドライヤー、カールブラシ、秘密の整髪料、この三種の神器を現場に常に持参し、ロケ現場の環境、今後の天候、風は吹くか、汗はかくか、全ての状況を勘案し、その役の人の頭になっていく。その苦労で白髪も増えていく。思えばこんな困難な頭髪でよく何十年もやってきたもんだ。

ところが最近、とある作品のため白髪染めを止めたら、頭はほぼ真っ白だった。しかも驚いたことにその白髪は直毛になっている。

何を今更感はあるのだが、悪い気はしない。この歳になって、ボブ・マーリーからシド・ヴィシャスに変身して、三本線のジャージで出掛ける不良老人は「あり」かなと思う。

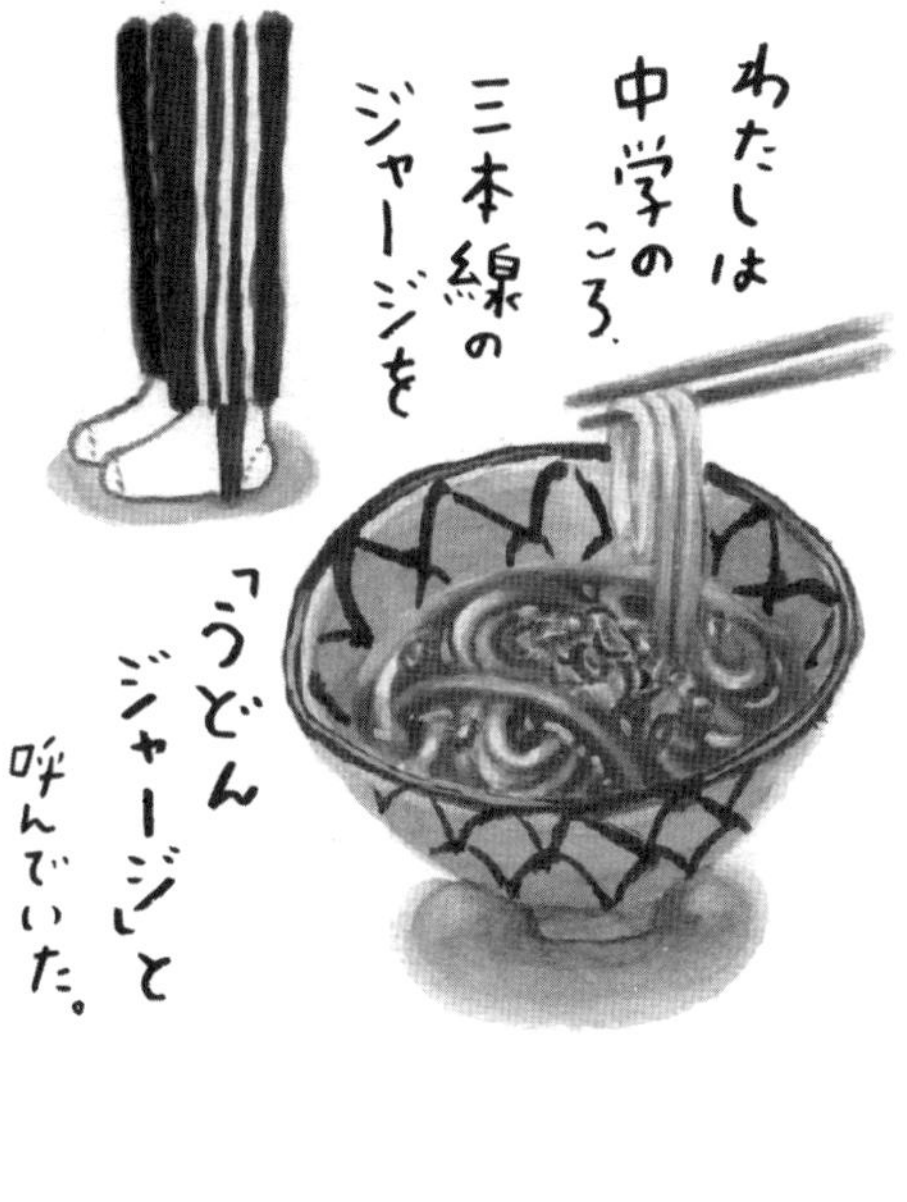
わたしは
中学のころ、
三本線の
ジャージを
「うどん
ジャージ」と
呼んでいた。

覚えられないのは茗荷の所為
なのよと可愛い文字で書いた

迷信だと分かっていても、舞台の本番中や、映画の長回しが予想される日はミョウガを食べないようにしている。ミョウガに罪は無い。しかし食べると物忘れがひどくなる、転じて記憶力が悪くなるとは、とんでもない汚名を着せられたものだ。

芝居の最中に台詞が出て来ないという恐怖。これは役者が死ぬまでうなされ続ける日常的な悪夢の代表なんじゃないのかな。実際、僕は今朝も見た。舞台の上で立ち尽くす。演出家はやはり蜷川さんだ。本番中なのに客席から怒鳴る。死んでも枕元で怒鳴り続けるのは、ありがたい恐怖だ。

一読で台詞が入る脳と、絶対に潰れることの無い声帯。この二つの能力を渇望していた二十代。

それは叶わぬ夢だと気づいた四十代から、記憶に関する能力のほうが衰え始めたような気がする。いや、気がするだけで脳は死ぬまで進化するらしいことはなんかのテレビで見た。己の怠慢を脳みその所為にしたいだけらしいのだが。

たった二行の台詞が一週間経っても頭に入らなかったり、完璧に覚えた台詞の一言が本番で何度も抜けたり、挙げ句は舞台初日に晴れやかに白く澄み渡った脳、いわゆる「まっしろ」になり、周囲を青ざめさせたりした。そんな時はズボンのポケットに忍ばせたカンペをぎゅっと握りしめるのだ。決して取り出して読むことは無いカンニングペーパー。

若い役者に聞かれたことがある。「松重さんも書く人なんですね」

僕らの若い頃はなんでも書いて覚えた。私は、台詞を紙に書いて持ち歩き、そらんじてはたびたび確認しながら憶えていく。コピーじゃダメで、自分の字をお気に入りのペンで紙に書く。年代的に「板書」を書き写す行為が、記憶とセットになってるんじゃないかと思う。

不真面目だった僕は、中間や期末試験の直前、友人からノートを借りて書き写すのが常。友人と言っても几帳面に黒板の書き写しをやっているのは大抵女子だ。当時の女子には「丸文字」という書体が流行っていた。所謂「ぶりっ子文字」だ。

延々と書き写すうちに僕の字は丸文字になった。今日も僕の衣装のポッケには、ぶりっ子文字で台詞が書かれたカンペが畳まれている。

引くほど可愛い字で書かれた紙を握りしめて、ひたすら台詞を思い出すのだ。

自分の部屋で育てたみょうが。
かわいいけど
なんだか……食べづらい。
浅漬けおいしいよね

オムレツもエッグベネディクトも
便座にしゃがんだあとで

今日の撮影現場は都内の外資系高級ホテルの一室で、朝早い時間にも拘らず朝食会場は多くの宿泊客で優雅に混み合っていた。

あるレベル以上のホテルのモーニングブッフェには、必ずと言って良いほどオムレツをその場で作ってくれるコックさんがいる。たとえ外国であっても、カタコトで僕好みのオムレツを注文するのが何よりの楽しみになった。宿泊させてもらうホテルのレベルが上がった五十代以降の話だということを書き加えておこう。

まだスタンバイまで余裕があるので、ここのホテルの朝食を堪能することは出来る。しかし今日の僕にはやるべきことがあるのだ。
「このホテルの部屋で用を足すこと」

それを成し遂げるまではオムレツもエッグベネディクトもフレンチトーストも無い。

四半世紀前に遡る。三十過ぎて娘が生まれてもバイトに明け暮れていた僕は、今日もオートバイで早稲田にある建設現場に向かっていた。聞いたことも無い外資系のホテルが建つようだ。

石材屋の日雇い職人として今日一日の作業を託されていた僕は、中国からの留学生二人と共に、セメントと混ぜる為の砂を各作業所に一輪車で配る仕事を仰せつかった。

まず、A地点にトラック一台分「1立米」の砂を下ろした（公園の砂場一杯分ぐらいだと思っていただいて構わない）。

そこで現場監督がやって来て言った。ここはダメだからB地点に移動させろと。その距離約100メートル。トラックも帰っちゃったし重機も無いから、スコップで掬《すく》って、ネコと呼ばれる一輪車を使い、三人で運ぶ。

汗だくで数時間。運び終えたとこで、やっぱりA地点に戻してくれと宣《のたま》う。なんとか留学生たちをなだめすかして移動し終えると、有ろうことか再びB地点に戻せと言う。

この時点で留学生二人は帰った。無理も無い、ドストエフスキー言うところの究極の拷問だ。

心を無にして運び終え、砂の小山に思いっきりスコップを投げつけて、思った、いや、念じた。もうバイトはしたくない。出来れば今日を最後にしよう。そして、いつの日か、このホテルの豪華な客室で、でっかい糞を垂れてやる。

その日以降、幸運にもバイトをしていない。そしてもうひとつも今日、叶うはずだ。

牛乳、ジュース、納豆
みそ汁、コーンスープ
ごはん、パン、ナポリタン
レタス、ミニトマト、ブロッコリー
キウイ、オレンジ
なんかの焼き魚、つくだ煮
ベーコン、ソーセージ
ある日のホテルの朝食。
卵焼き、温泉卵
スクランブルエッグ……
※卵、取りすぎ。

神に見守られた美しい雪隠で考えるのは今宵の夕飯の献立

引き続き尾籠《びろう》な話で申し訳ない。

トイレに神様がいらっしゃることはご存じだろうか。別に花子だとかオカルトの類でなく、日本には古来、厠《かわや》の神と称される有り難い神様がいらっしゃって、我らが排泄行為を見守っておられる。

「烏枢沙摩明王」と書いて「うすさまみょうおう」と読む。お寺で用を足す際に周囲を見渡してみよう。思わず目が合って、モノが縮みあがる恐れがある。若干ワイルド系のお姿だ。

どんな小洒落《こじゃれ》たカフェでも、トイレが汚いと台無しになる。いかに自宅のリビングを飾って見せても、客人をトイレで幻滅させることは容易である。ゆえに私は暇さえあれば便所掃除の鬼と化す。

そこでクローズアップされるのが「竿《さお》の露」問題。男性諸氏、小便時、あなたは立つ派、座る派。僕は断然後者だ。掃除する人の気持ちを考えると暖房便座が有る限り、座ろうよ。ところが、去年まで同居していた愚息は幼少時から立つ派の最右翼で、お釣りを周囲に撒《ま》き散らすこと甚だしく、再三注意しても排尿体勢変更を頑として受け付けなかった。密室なので現行犯注意しづらく対策に苦慮していた。

そこで、かの明王にお出まし願った訳だ。しかし銅像はなかなか手に入らないので、曹洞宗大本山、鶴見にある總持寺《そうじじ》のトイレの仏像のお写真を大きく引き伸ばしてトイレに飾った。効果はてきめん、立位では明王と目が合い、座らずとも自《おの》ずと集中力が高まるようで、掃除の回数が明らかに減った。

綺麗なトイレで済ます大便も実は至福のひとときで、座位で目が合うのがこの本のイラストを描いてくださっているあべみちこ女史の手による「くいしんぼうカレンダー」だ。以前旭川ロケでお世話になり、それ以来毎年カレンダーを送っていただき、トイレに飾っている。

くいしんぼうと言うだけあって毎月食欲を大いに刺激されるイラストが絶妙で、出しながら入れたくなるという禅問答さながら。

明王とくいしんぼう、我が家の雪隠はカオスなのだ。

かりんとう
（深い意味はありません）

定食屋の奥に並ぶ宇宙人の眼差しにライス大盛りを完食す

「趣味は映画を観ることぐらいですかねぇ」などとおっしゃる俳優さんは多かろう。

しかし映画を観ても細かいところが気になって仕方が無い僕は、心底リラックス出来ない。だから年間観賞本数は新橋辺りのお父さんと大して変わらない。

でもたまに、ステテコ姿で起き抜けに「今日は映画でも観てみるか」的な気分になる。でも映画館に行くのはおっくうなのでリビングでチャンネルを漁《あさ》った。

「ギャラクシー・クエスト」。二十年以上前のB級SF映画。

ざっくりとした筋はこうだ。往年の人気宇宙ヒーローシリーズに出ていた俳優たちが、その活躍ぶりを真に受けた宇宙人から、自分が住む星での紛争解決を依頼され、宇宙空間に乗り込んで大活躍するというもの。

なかなか映画を観ない僕でも、洋画で尚且つコメディでSFだというのは取っつき易い。知り合いがまず現れないハリウッド映画、縁遠かろう予算潤沢なSFモノ。くだらないし笑えるし、だらっと観てた。しかしこの映画の「役者あるある」に次第に笑えなくなってしまったのだ。

戦隊ものやライダーものに出演している役者は大変だと思う。チビッコたちは当然、役と本人の区別は出来ない。夢を壊すから、楽屋でもショーでも鼻糞ひとつほじれない。件《くだん》の映画も宇宙人たちは俳優を真の戦士と思い込んで疑わない。これは実に痛い。

「あれは本当に全部召し上がっているんですか?」。これまで何百回も繰り返された僕への質問だ。「そうです。出された食事は完食しています」

なにげに入った定食屋で盛りの多さに首かしげながら食べていると、奥から食事を覗き見ている店主たち。さながら宇宙人の様相だ。還暦間近な僕はいつまで店主の期待に応えられるか分からない。

映画の中の彼らも宇宙人の招きに対して、過去の栄光を切り捨て、毅然《きぜん》と「演技」であるということを伝えるべきなのだ。なまじ「大食い」であると思われ異星に招待されたらどうなる。そんなしょうもないことを考えてたら映画は終わっていた。

ウクライナでは大統領役を演じた役者が本当に大統領になったという話を聞く。
あらためて言いますが、役と役者は全くの別物なんですよ。
でもせっかくだから勘違いに終わらない結末を望もう。

エイリアン
マーズ・アタック！
メン・イン・ブラック
ビジター
より
小さなころ
本で見た
タコそっくりな
宇宙人の
挿絵の方が
今でもこわい。

東京特許許可局なんて実際には存在しないものじゃぞ隆景

ナレーションの仕事も数多くこなしてきた。演技と違って台詞を覚えなくて良いことと、事実に則った映像に寄り添う、ナレーターという立ち位置が自分の性分に合うのか断ったためしは無い。

レギュラーでナレーションをやっているＮＨＫ　ＢＳの「英雄たちの選択」という番組はもう八年目に入った。事前に原稿に目を通してさえいれば、テスト無しで本番に臨める。要は慣れなんだが、演技とは違う緊張感で向き合う作業は実に楽しい。

喋りにくい言葉や言いにくい文言もほぼ克服してきたかなぁ、などと慢心していた。

ところがだ、先日あるスポーツ番組のナレーションで出てきた「これまで育てた教え子が」

という単純な一文。これが、あれれ、言えない。噛む、またやって噛む。何度か繰り返すうちにド壺《つぼ》にはまった。事前の予習時はノーマークだったのに。

今では一般の読者や視聴者も「噛む」と言ったらなんのことだか分かると思う。舌が回らず、滑舌が悪くて言葉にならないことを「噛んだ」と言う。

映画やテレビなど、編集が利くジャンルであればNGということで世間に晒《さら》されることは無い。しかし舞台や生中継では「噛んだ」事実は即お客様と共有することになる。

無かったことに出来る「噛み」と出来ない「噛み」があって、後者の場合は作品自体を損なうこともある。「噛んだ」ことで動揺した役者は「噛んだ」ことを反省しているうちにまた「噛む」。その相手役はそれを笑っていると今度は自分が「噛む」。あっという間に「噛む噛むの連鎖」が始まって酷い出来の舞台になることがある。ほんと実際にある話だから恐ろしい。

編集の利くドラマの世界でも、どうあがいても言えなくて現場を著《いちじる》しく停滞させることがある。かなり前の話、「まだじゃぞ隆景」これが言えなかった。はやる小早川隆景を制する一言なのだが、興奮状態で言うのは難易度が高い。

先ほどのナレーションは最後に録《と》り直しを願って事なきを得た。

実は「マツシゲ」という名字も難易度が高く、女子アナさんが途方に暮れる姿を見たことがある。

子どものころは噛んでも噛んでも
飲み込むタイミングが
わからなかった
ホルモン。
今はいつ
噛んでるのか
わからないくらいの
速さで食べてるな……。

けして孤独ではない
チーム孤独は彼の下《もと》で円陣を組むのだ

舞台なら再演、映画なら続編、テレビならパート2なんていう二匹目のドジョウ狙いを潔しとしない心持ちでやってきた。しかし「孤独のグルメ」は実に八期を数える。足掛け八年、登場店舗数は百を超えた。

全て番組スタッフが自らの足と胃袋で見つけてくる。当初は知名度の無さから断られ、最近は放送後の混乱を懸念されて断られる。今やアジア各国からもガイド本片手に押しかける有様なので、私ももう一度食べたい店には放送前にこっそり再訪するしか術《すべ》が無い。

そんな番組を支える優秀なスタッフを「チーム孤独」と呼んでいる。八年前は十人足らずだったが今じゃ三十人近くの編成に成長した。
そんなチームのリーダーはチーフ監督の溝口さん。飲兵衛《のんべえ》で宴会好きの彼の下、泊まり込みのロケでは「孤独」とはほど遠いどんちゃん騒ぎが繰り広げられる。宴会だけに飽き足らず卓球、ダーツにボウリング、屋形船まで繰り出した。

とは言え番組の肝である店探しはチーム孤独の本領発揮で、地方や海外の短期ロケハンでも番組の雰囲気に合致した美味い店を見つけてくる。
特に溝さんの犬並みの嗅覚と舌は秀逸。お店の方の懐に入って離さない人たらしも彼の真骨頂。この本の挿絵を描くあべ女史も旭川ロケ時の呑み友だ。

しかしそんな彼の店選びにはある問題があって、メニューが酒の肴《さかな》だらけになることが多い。ビール片手にこれ旨いあれ美味しいとやってるから、あれれつまみのオンパレード。収録中、下戸の設定である井之頭五郎が「ビールくれ」と何度叫んだことか。

溝さんにはいろいろと我が儘も言った。年末恒例になりつつあった「孤独のグルメ」の生中継パートも、バラエティで鍛えた溝さんにしか出来ない。

八期目もあれこれ注文、お願いして、さぁ打ち合わせという日を前に、突然帰らぬ人になった。前日まで陽気に呑んでいたという。

父である溝さんを失って「チーム孤独」は途方に暮れた。番組の終了もちらついた。しかし父の子であるADたちが志を引き継ぐと宣言した。

よし溝さん、日本酒片手にあの世から見守ってくれよな。頼むぜ。

ーいらっしゃいー
旭川
三四郎の大将
ー大将 酒の肴と燗酒ー
溝口監督
きっと
あちらでは
お二人
出会って
毎日
こんなかな……

餃子耳にはなりたくない
相撲好きの柔道家の下手な素振り

オリンピックの観戦チケットは軒並み落選してしまったし、二〇二一年の夏はどうせドラマの撮影なんかやってないだろうから、寝正月ならぬ寝五輪と洒落込むか。いや待てよ、開催国との時差が無いわけだから夜中や朝方の熱狂も無い。それはそれでチト寂しいな。

などとボヤいても、二〇一九年末までは都知事の仕事が山積で暢気《のんき》な事は言ってられない。これは「いだてん」の話ね（二〇二〇年がどんな年になるかも判らずに「サンデー毎日」の連載を書いていたあの頃が懐かしい）。「いだてん」分かんない人は遡って観ること。

そもそも幼少期、球技音痴の僕の興味は「相撲」ひとすじ。それ以外のスポーツに関心が向くことが少なかった。だから中学も高校も相撲部が無いから仕方無く柔道部に入った訳なんです。

入った以上有段者にはなってみたものの、融通の利かない柔道という競技を選んだことを何度も恨んだ。

野球やサッカーをはじめとした殆どのスポーツは歳をとっても競技可能だし、半ば遊びでやる楽しさも兼ね備えている。上手い奴はちょっとカッコイイ。しかももてる。

野球やサッカーのチームプレーは映画作りに似ている、なんて嘯《うそぶ》く輩もいる。烈しく嫉妬する。

対して柔道はどうか。卒業してからは畳の上に柔道着で立った覚えが無いよ。あくまで地味な個人戦。怪我をするから歳をとってからやる人は圧倒的に少ない。それに大事なことを思い出した、道着は臭い。著しく臭い。

映画やテレビのアクションは柔道と違うからまるで使えない。だいいち耳が餃子の様になったら俳優としての役も限られてしまう。

皮肉にもそんな僕には、かつて野球選手だったという役の依頼が多い。依頼のたびにバッティングセンターで素振りを繰り返すんだが、どうあがいてもサマにならない。

撮影現場には元球児のスタッフが必ずいるので、あれこれ指南してくれるんだけど、僕の格闘技的身体はバットを受け付けない。

彼らは皆、匙《さじ》を投げ監督にカメラワークで誤魔化《ごまか》すように助言しだす。

柔道をやっていて良かったと思えるような役は果たしてあるだろうか、嘉納治五郎役以外には思い当たらない。しかもそれは役所広司さんが見事に演じられた。他の追随を許さぬほどに。

「柔道一直線」の車周作はどうだ。ああいうスポ根ものは今時、流行んねぇだろうし。なんて妄想を五輪観ながらやるとするか。

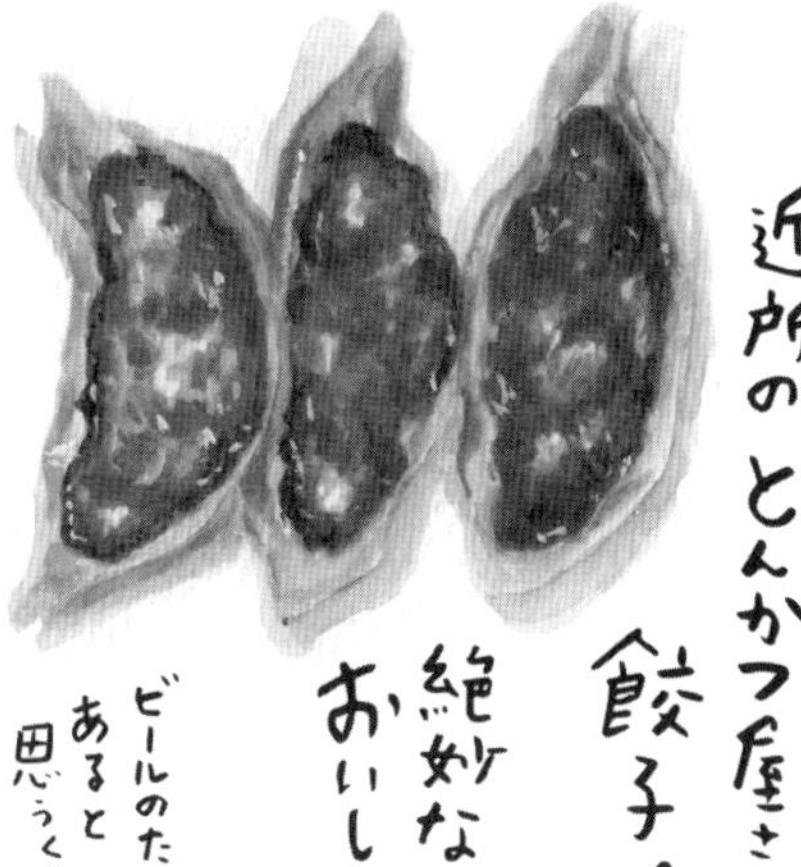
近所のとんかつ屋さんの
餃子。
絶妙な
おいしさで
ビールのために
あると
思うくらい!?

大晦日紅白の真裏で独り年越す
方々と共に食さんと欲する

「もう年末か」。またこの言葉を吐く。月日の流れの速さは今更話題にもしたくないし、爪が伸びるのも最近の僕は異常な早さだ。

我々役者は芸人じゃないので年末年始は基本仕事が無い。日本人は節目を大切にするから、歳またぎの作品も少ない。するとどういうことが起きるかというと、十二月も早々に仕事納めとなってしまうのである。ていうか暇な役者だった僕はってことなのかな。

「孤独のグルメ」の特別編を年始にやるようになって年末は多少忙しくなった。ところが三年目、放送日が大晦日《みそか》になるという指令が下る。しかも紅白の真裏。テレビ東京はこの時間帯の視聴率を捨てたなと思った。だったら捨て身の技を繰り出してやれ。皆で考えたのが大晦日の生中継だった。

昔のドラマは全て生中継。ＶＴＲが誕生する前はリアルタイムに芝居をして、それを中継するしか方法が無かったのだ。もちろん僕だって経験が無いが、想像するだに恐ろしい。台詞を忘れても、噛んでも修正は利かないし、終了時間も決まっているから、足りないと早口でまくしたて、余ったら何かで埋め合わせしなきゃならない。

「孤独のグルメ」の場合全編生は難しいので最後の十分、生で。しかも生感を出したいので、初詣客の喧噪の中、「紅白」を観ながら食べるという案が出た。

しかし案の定ＮＨＫから許可が下りず、苦肉の策で、ワンセグで観ている客に「紅白」を実況中継してもらいながら食べるという方法に落ち着いた。

食べ物をリバースして放送事故を起こすことも無く、さして話題にもならずに最初の年は乗り越えた。

翌年も大晦日の放送を仰せつかり、生の分量を増やす方向で話が進んだ。

ここで助っ人にお願いしたのが伊東四朗さん。僕ら世代の生ドラマといえば「ムー一族」なのだ。うさぎ屋のご主人を演じておられた伊東さんに当時の生中継の思い出をお聞きしながら、大晦日の夜、誰よりも遅い仕事納めが出来る幸福を嚙み締めながら二度目の生を終えた。

二度あることはなんとやらで二〇二〇年も三度目の年末生中継ドラマをやらせて頂くつもりでいた。

しかし生演出できる溝口さんが急逝し、残念、生も見納めとなってしまった。

今年は家で、普通に紅白でも観るか。

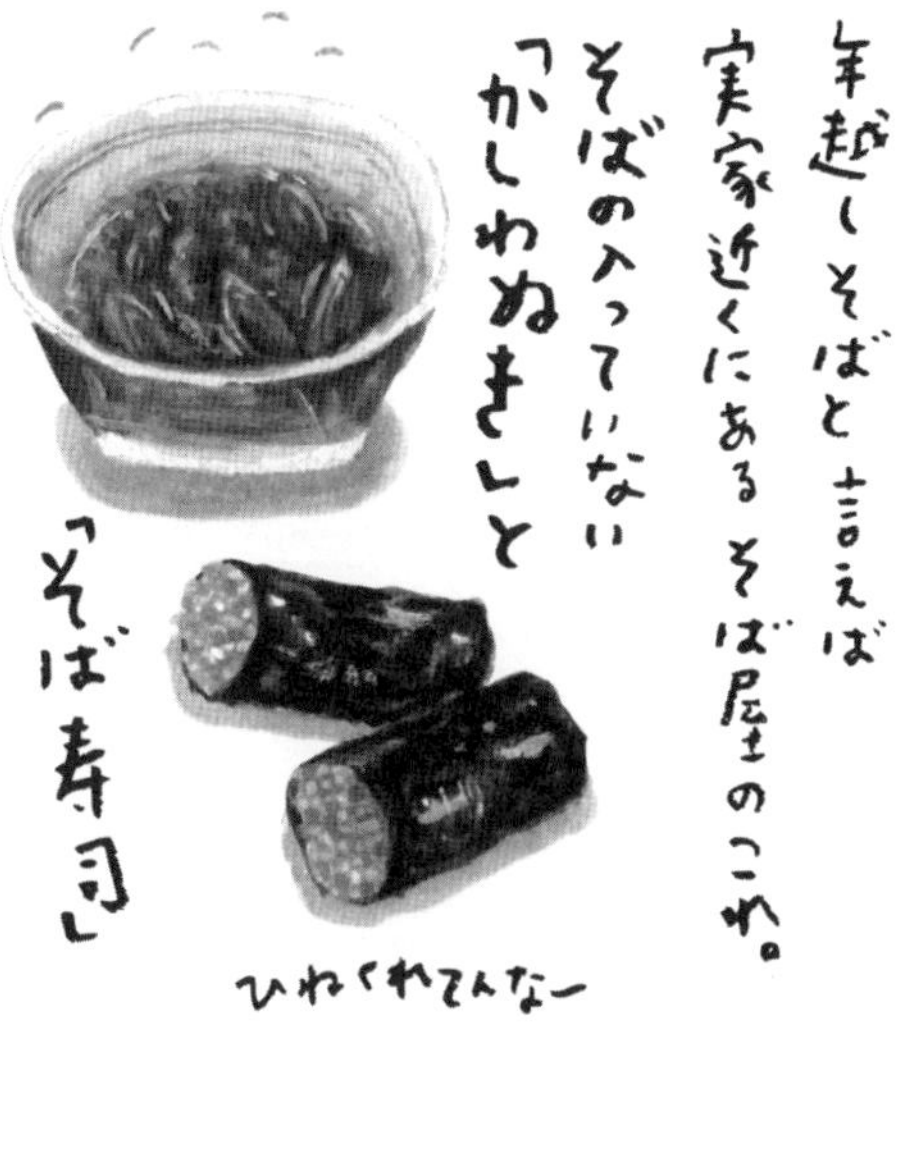
年越しそばと言えば
実家近くにある そば屋のこれ。
そばの入っていない
「かしわぬき」と
「そば寿司」
ひねくれてんなー

鬘をとって風呂上がり 万願寺唐辛子の甘さを教わった夜に

休みが出来て、美味しい物が食べたくても「そうだ　京都、行こう。」とはならないのには理由がある。

そもそも僕にとって京都とは、時代劇の撮影の為に行くところである。昔は東京近郊にもオープンセットがあって、床山さんから衣装さん持道具さんなど侍モノのエキスパートがいたらしい。今じゃNHK以外、関東でチャンバラは撮れないと考えたほうが良い。

二十年程前の京都の撮影所は怖い所だった、というかそういう噂が江戸界隈に蔓延《まんえん》していて、行く前から恐怖を募らせた。

まずシステムがヤバい。往復の新幹線代が、なぜだか税金10%を引かれた金額しか支給されない。そして宿泊費は当時一泊四〇〇〇円の10%引き、つまり一日につき三六〇〇円。そんな宿は当時から無いし、宿の手配も自分でやらなければならない。

撮影所近くの今はなき「T」という宿は辛うじてその金額に収まったが、風呂とベッドに身体が収まらなかった。

ロケに出掛ける朝、撮影所で扮装《ふんそう》して髷《まげ》をかぶって事務室で昼食弁当を受け取る。現金八〇〇円と引き替えに。

ロケ場所に着いたら甲冑をつける前に弁当を安全な場所に保管しておかなければならない。さもないと冬は凍るし夏は傷む。

また、撮影が休みになっても中三日は空かないと東京に帰してくれない。などなど、東京のぬるま湯に浸かっていた俳優部には理解し難いことが多かった。

また京都の撮影所には専属の俳優さんが沢山いた。俗に大部屋さんと呼ばれる方々で、皆さん見た目が怖い。立ち回りで下手をすると関西弁で叱られる。

正直本当に帰りたかった。仕事なんてどうでも良かった。

そうも行かず、ホテルの浴槽に収まりきらない身体と収まらない気持ちを、撮影所一階の中浴場で洗い流した。

そこは大部屋さんの為の風呂だった。めったに役付きの俳優は来ないらしい。東京から来てる奴がいるっていうんで面白がられた。俗に言う裸の付き合いでそのうち呑みに行くようにもなった。

今は京都の撮影システムもかなり改善されたと聞く。所内の雰囲気もどこか懐かしい。

あえて京都に遊びに行くなら、撮影所でひとっ風呂浴びて、太秦の赤提灯《あかちょうちん》で一杯引っかけたい。

これが大好物弁当。
ざんぎ
（鶏のから揚げ）
と
たまごやき
と
うめぼしではなく
すじ子。

最初はグーだが皮膚は
カタカナよりも漢字を求めたのだった

最初は本当にグーが必要なのだろうか。

上京したての頃、じゃんけんの頭に「最初はグー」という枕詞が付くことに驚いた。一時的な流行かと思いきや、今日も現場で差し入れの残り物をめぐってスタッフが例の呪文を唱えていた。いきなりじゃんけんでいいじゃん。

気づいたら皮膚科の診察券ばかりが増えていく。

多分一生行かないであろう函館や熊本の皮膚科の診察券など、かなりの枚数捨てられずにとってある。

着るモノ、履くモノ、いろいろと身に着けるモノを借用するところから始まるこの商売。中にはホームレスの扮装で終日過ごすことだってある。そういうものを肌に密着させていると私の皮膚は敏感に反応するらしく、ホテルの風呂で烈しく掻《か》き毟《むし》っている。

時代劇の衣装もこれまた締め付けがキツく、鎧甲で合戦なんかをやった夜は、刀傷ならぬ意味不明のミミズ腫れに悶絶《もんぜつ》する。夜も無意識に掻いてるらしく血まみれになって翌日ホテル近くの皮膚科に駆け込むという次第。

またこの商売、夏のシーンを真冬に撮ることがままある。寒い時期に夏の薄着で震えながらかき氷を口にすることだってあるのだ。ダウンジャケットで防寒したスタッフを恨めしく見ながら。

しかし「ヒート云々」などのインナーの登場が我々を革命的に救ってくれた。

「超」だの「極」だの付いた強者《つわもの》にこぞって助けを請うた。

ところがだ。この助っ人に我が柔肌が悲鳴を上げたのだ。締め付けているわけでも食い込んでいるわけでも無く、等しくかぶれた。何故だ。「最初はグー」だったのに。

ある衣装さんに化学繊維の除去を勧められた。インナーの成分表に極力、カタカナの入っていないものを選ぶべしと。見ればそれらはカタカナだけで１００％出来ている。綿だの麻だの絹だの由来の分かった素材であれば皮膚の反応は治まるかも。探せばあるのだ漢字１００％のインナー。

中でも毛だけでできた奴は凄い。無敵。うん痒くない。でも高価。

以来皮膚科には行っていない。初診料と薬代と思えば納得できるか。悩み持つ方々お試しあれ。

外はマイナス
部屋はぽっかぽか
キンキンのビール
グビグビ

言っとくけど演者はドットで出来てるわけじゃ無いからね

小田急線経堂駅の目の前の地下にある「アナログ」というバーのマスター奥ちゃんは僕の旧《ふる》い友人だ。

ずっとバンドマンだった彼が店を開いたのは五十代も半ばを過ぎてから。レコードとターンテーブル、そしてギターが何本か置いてあって、興が乗ったらみんなで歌い騒ぐ。奴も一緒にはしゃぐから帰る頃にはベロベロで、会計なんてあって無いような状態になる。夜遅い時間に覗くと床で寝ていたりもする。でも、昔「青春18きっぷ」で遊びに行った、奴の実家のある山形蔵王の珍味を食わせてくれたりするから侮れない店なのだ。

最近は若いミュージシャンから自作の「レコード」を手渡されることが増えてきた。ＣＤ

では無く、配信とアナログで新作を発表するらしい。デジタルでしか聴いたことのない世代が、溝の振動の奥深さに目覚め始めているのかも。我が家でも売らずに取っておいたアナログ盤がちゃっかり日の目を見る時代になった。

時計もまた然《しか》り、七〇年代のクオーツショックで時計メーカーは倒産の危機に瀕《ひん》していたのに、どっこい今じゃ旧作アンティーク品が高値で取引される。裏蓋の奥でコチコチ動く機械に、じっと見惚《ほ》れてしまうのも僕だけではあるまい。

映画の撮影現場でもフィルムが回っていることは殆ど無くなってしまった。「ローリング、アクション」で芝居は動いても記録媒体は回転などしていないのだ。

カットひとつにかける重みが正直失われた。

舞台挨拶の裏動線で映画館の映写室を通る際にも、あの巨大なロールが回っていない寂しさと、映写技師と呼ばれる孤高の職人たちが消えた切なさを想う。

音楽と時計の世界では復権を果たしたアナログ君たち。スマホに蹴散らされていくカメラや映像の世界でも、必ずやアナログ回帰があると信じつつ、つい最近買ったフィルムカメラを愛《め》でる。

目に楽しいファインダーと耳に嬉しいシャッター音。「くぅ堪《たま》らん」と涎《よだれ》を垂らしつつ、経堂の地下の酒場で奥ちゃん相手に「アナログ」な夜を過ごすのであった。

油で揚げて
砂糖まぶした
おうち
ドーナツが
やっぱり
いいんだ。
本物のドーナツもやっぱりアナログ。
穴の中、同じ味なのに
おいしく感じるよね。

アンドロイドは博多ややわやわうどんの夢を見ていたか否か

二〇二〇年と聞いて驚くのは既に「ブレードランナー」の世界を現実が超えてしまったことだ。

でもドローンは飛んでも空飛ぶ乗り物で交通渋滞は起きていないし、アシモ君やペッパー君に触れたことはあるがルトガー・ハウアーの如《ごと》き人造人間に襲われたことは無い。

しかしスクリーンに大きく現れた胃腸薬は今も駅前の薬局に存在するし、ロサンゼルスを探せばうどん屋台の一軒くらいあるだろう。

では当時衝撃的だったオープニングで、ハリソン・フォードは何うどんを食っていたのか。

映画公開の一九八二年頃東京において、立ち食い蕎麦屋に間借りの形で同居させてもらっていた「うどん」は蕎麦つゆに浸されるという屈辱的扱いを受け白き柔肌を醜くガングロ化させていた。そのぐらい蕎麦文化圏においてマイナーな存在だったのだ。

その後空前の讃岐《さぬき》シコシコブームを経て、今や博多やわやわ時代の到来を予感させる。博多のうどんは柔らかく唇でも切れる。しかしコシがない訳では無い。トッピングはゴボウ天が注目されているが私は丸天も推したい。監督のリドリー・スコットが、いずれ来る博多うどん時代到来を見据えハリソン氏に丸天うどんを食べさせていたとすると感慨深いものがある。

あの頃SF映画と並んで熱くなったものにゲームがある。なかでもロールプレイングゲーム。

電源を切る前に復活の呪文と呼ばれるランダムな五十音を鉛筆で書き写さなければリセット出来なかった時代。そんなアナログ作業を強いるドットの粗いデジタル遊びに熱狂していた。

あれから数十年。久し振りにやりました、シリーズ十一作目。いやぁ凄いねゲームの進化。点の塊にしか見えなかった登場人物が、実にリアルなアニメで生々しい魔物を断末魔に追い込む。シナリオは変わらずともビジュアルの激変甚だしい。

「スター・ウォーズ」だってここまで進化してないよな。映画よりゲームの変化が半端じゃないってことを実感しつつ、いつか「スター・ウォーズ」から出演オファーが来ねぇかなぁ、なんて夢想してた若者は、そのシリーズ最終章まで依頼は来ずに、目の前の仮想世界で傷ついた心を癒やすのだ。

「とりあえずベホイミ」

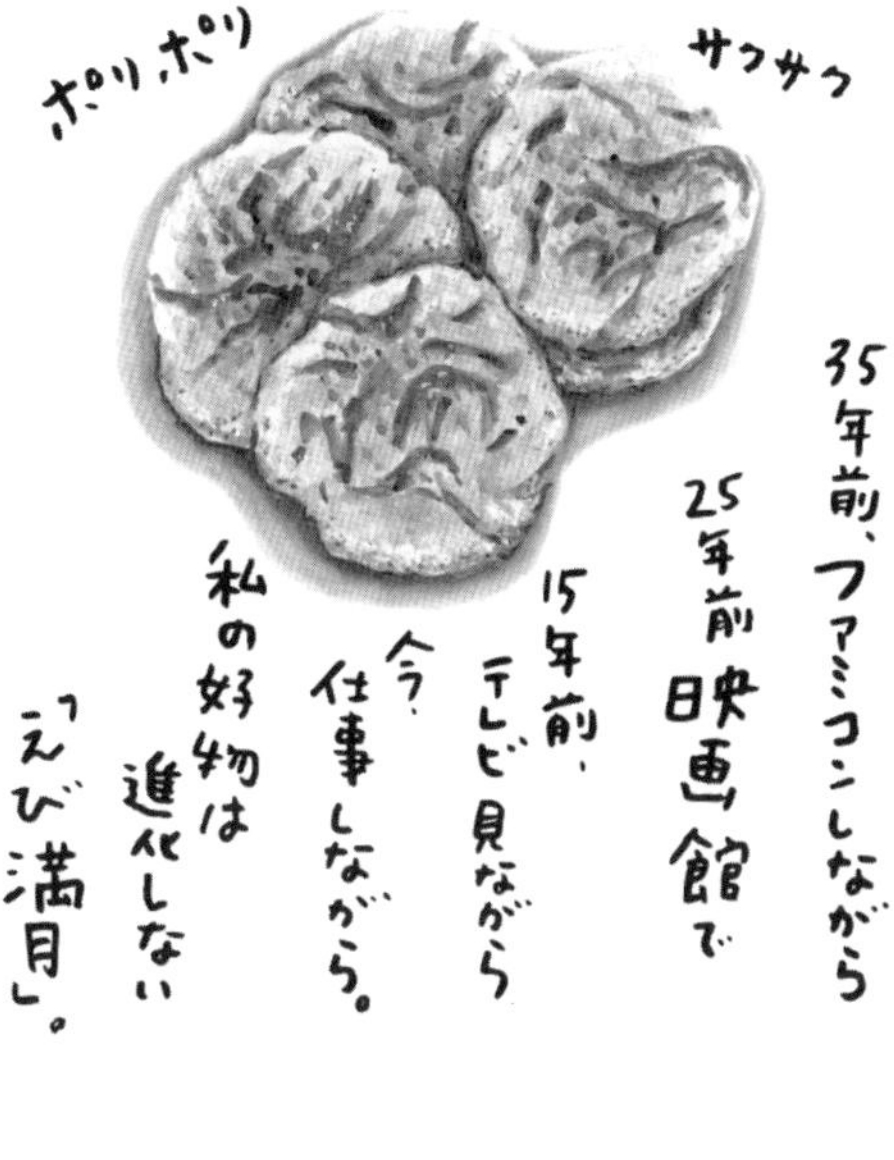
ポリポリ
サクサク
35年前、ファミコンしながら
25年前映画館で
15年前、テレビ見ながら
今、仕事しながら。
私の好物は進化しない
「えび満月」。

折角結婚祝にすき焼き鍋を贈ったんだから別れないでくれ

長年お世話になっていた青色申告会の方に税理士さんを紹介された時のことだ。妻と並んで事務所に伺い僕らの職種でも請け負っていただけるか尋ねると、長考の末、担当したことは無いと答え、具体的にどのような仕事なのかと問われた。

あらためてそう聞かれ、こちらも返答に窮していると、「天ぷら油を再度燃料にするような仕事と考えて宜しいですか」と。

顔が命、売れてなんぼの「俳優業」。「廃油業」と思われるそんな匿名性も悪くない。

寿司や天ぷらと違って家で食べても外食しても違いが無いと思うので、すき焼きを外食したことは殆ど無い。

贅沢な食べ物だけどその時の経済状況に合わせて神戸牛から外国産牛切り落とし100グラム九十八円の特売品まで、充分にすき焼くことは可能だ。

ではやはり主役の牛肉が目当てかと問われると、私はノーと答える。草臥《くたび》れた葱でも味染みの焼き豆腐でも無く、静かに「牛脂」と呟く。

メニューにも献立にも載ることの無い、つまりエンドロールにもクレジットされない脇役。お肉コーナー上の棚小さく個包装され値段すら付いていないが、けして欠くことは出来ない「牛脂」。彼は実はプロローグから登場している。

熱せられた鍋に彼が踊る場面から歌劇「スキヤキ」の幕は上がる。主役やヒロインが大暴れしている間も鍋底で舞台を支え淡泊な演技をする野菜たちに旨味を纏わせる。

終盤は劇に溶け込み、カーテンコールで観客に彼の姿は見えない。

ところが私は中盤二幕の始まりあたりで群衆の中から彼を探す。少し痩せて割り下に黒く染められながらも心は純白な彼にスポットライトを当てる。周囲に眉をひそめられながらも卵をくぐらせ口に運びゆっくりと噛み締める「脂うめぇぇぇ」。

牛の脂はともかく天ぷら油は再利用されて再び燃料となりうる。化石燃料が無尽蔵にあるわけも無く、次の世代のために廃油から未来を創造しなければならない。

なんて偉そうなこと言ってもただの役者。「廃優」と言われないようせいぜい「脂」食べて頑張る。

ベーコンの脂も
サラミの脂も好き。
金賞
もちろん牛脂は
だーい好き。

待ち時間にはカメラに向かって無意味な下ネタを連呼する

横浜市営地下鉄ブルーラインのセンター北駅の改札内にある男子トイレの面台は私が施工設置したものだ。

面台というのは男性が小用を足す際、目の前に鞄などの手荷物を仮置きできる棚のようなもの。過信すると放尿時にバッグが滑落し、制御不能になった放水口があらゆるものを黄色く濡らすことになるあの台のこと。

石工見習い時代に親方から一任され、この私が取付工事を行った。

今でもごくたまにこの駅を通った時は尿意無くとも作品の目視検証を怠らない。石にヒビはないか、目地に剝がれはないか、鞄を置いても汚れないか。

多分、形に残る仕事に潜在的な憧れがあるのかも知れない。

「虚業」。はっきりとした形を残すわけでもない我々演者という職は地震やウイルスといった有形無形の脅威の前に無力だ。閉鎖や自粛といった文言の前に為す術を持たない。それはそれ、これ以上の言及は避けよう。所詮実体の無い生業《なりわい》なのだ。

台詞は発した瞬間に消えてしまえばいい。ただ単純に監督のオッケーが聞きたくてやっているだけだとも思える。問題は空気のように消えちまえばいいこの仕事もDVDやブルーレイに変換されて形として残されてしまうこと。発売時に有り難く頂くのが慣例だが、さてどうしたもんかと毎度悩む。

俳優によっては繰り返し観直す方もおられよう。僕は観ないし観るつもりも無い。身も蓋もないことを言って失望されても仕方が無いが、無意味な反省はしない性質なので、過去作は一切観ない。

さて問題は溜まっていく一方の円盤たちをどうするか。オークションで小遣い稼ぎを目論みても本名で仕事している所為で大目玉を食うのがおちだ。僕が死んだ時子孫が有り難がる遺産でも無い。やはり生きているうちに処分しよう。それにしてもぶ厚い奴もあるな。特典映像等が付録されているからだ。特典映像ねぇ、そんな楽屋裏なんてお客さんも覗いちゃだめよ。


最近はこいつを収めるためのメイキングカメラのせいで撮影の待ち時間も心底くつろげない。

そんな時は放送禁止用語と業界暴露話を声高に連呼して使えなくする。彼らは退散するが、つくづく嫌われる爺ぃになったもんだと自己嫌悪するのだった。

BANANA
すごく
熟した方が
好き♡
Michiko

師曰く汝が隣人即ち友と限らず写真は撮られる側と限らず

都心の公園の昼下がり、午後の撮影まで間があるのでベンチでくつろいで居た。夏とは言え都会の木陰は風さえ通れば心地好い。一時を過ぎれば人の流れもまばらになり、鳥のさえずりに瞼も重くなる。うとうとしかけたその時、声を掛けられた。

「すみません、写真いいですか」

撮影現場や移動中はお断りすることもままあるが、この状況では断る理由が見つからない。衣装のままなのでSNSに上げることの無いよう含んでおけば問題は無いだろう。見れば純朴そうなカップルだ。ベンチから腰を上げ軽く服の皺を伸ばして体勢をとる。ごく自然に被写体の構えを取っていたらスマホを渡された。

「お願いします」

噴水をバックに二人はポーズをとった。僕は撮る側だった。咄嗟に混乱してあらぬボタンを押してしまいスマホが固まる。苦笑いしながら男の元に走り再度操作の教えを請う。自意識の脇汗がシャツを伝っていく。

同業者が反社会勢力とのツーショット写真をネタに脅されていたという話が出てくる。一緒に写真をとお願いされて相手の身分や素性を問い質す不躾は好感度を貴ぶ我々には出来ないことだ。とはいえ見た目で選別できる度胸を持ち合わせている者も少なかろう。あらぬ誤解を避けるため、ツーショット写真はNGだということをご周知頂く必要があるやも知れぬ。

反社会的勢力の方々などというまどろっこしい言い方はしなかった昔、Vシネやその筋の映画ではその手の方々のご協力を仰いでいたのは確かである。夜の繁華街などのロケ現場を円滑に進めることに尽力して頂くことだったり、中には役者として参加したいと仰る親分さんもいた。ある日現場で支度をしていると厳《いか》つい方々に囲まれた老人がエキストラ控室に入って行った。ただ者じゃないエキストラほど厄介なものは無い。妙にその方に気を遣いながらも僕は演技上、ヤクザとして啖呵《たんか》を切った。「カット！」

撮影後そのエキストラさんが寄ってきて呟く。

「兄ちゃんええな、本物みたいやで、一緒に写真撮ろか」

そんな引き攣《つ》った笑顔の写真に何か問題でも？

お客さん
伸びるよ!!
ん〜ん〜
こっちがヒヤヒヤ

組事務所で咄嗟に嘘をつく
心のブレに補正は可能だろうか

写真はスマホで撮るのが当たり前なんだが、あえてカメラに拘りたい。カメラもデジタルよりもいっそフィルムで挑戦したい。

一発勝負。それもまた佳し。昔は一枚入魂、されど現像してみてアレブレボケに苦悶する。森山大道の境地にまではほど遠い我らにはせめて「手ぶれ補正」はあったらなぁと溜息をつく。

たまには出前でも取ろう。いや店屋物で済まそう、いやいや今はデリバリーってか。そうは言ってもウーバーなんとかは我々若年高齢者には抵抗がある。蕎麦屋の丁稚《でっち》が運んでくるなら良いが、見ず知らずの自転車乗りの若者がスマホ片手にカツ丼を我が家に持って来るのは些《いささ》か抵抗がある。

　とは言え今世紀に丁稚は存在せず、バイト君がバイクで持って来た。スーパーカブが停車してスタンドを立てる音、からの後部にバネのついたビョンビョンを外す音。待ってましたぁ。一連の音が食欲を増進させてくれる。いや、待てよ。あのビョン君、いわば出前の「手ぶれ補正」、彼は何という名前なの。年齢は幾つぐらいかしら。


　四十年近く前、下北沢のラーメン屋で働いていた僕らも出前に行かされていた。歩いて行ける範囲で尚且つ線路を越えない場所。開かずの踏切を待っていたら麺が伸びてしまうからだ。映画館やスナックからボクシングジム、任侠系の事務所まであった。危ない場所へはじゃんけんで負けた者が向かう。皆神経を磨り減らしていた。

　ラップは二重三重に、釣り銭は忘れずに。ヤクザの事務所は店から一番離れていて、麺が伸びればトラブルになる。細心の注意を払い足早に向かって行く。階段を慎重に上がりノックしてドアを開く。

　組事務所に出前持ち。映画にありそうな設定じゃないか。恐る恐る岡持から中華丼と餃子を取り出す。奥にあるスープの小鉢が何かに引っかかる。傾いた拍子にラップの隙間から液体が零れた。

現れたのは空の器。もはやスープの痕跡は無い。これはなんだと問われ、咄嗟に「取り皿です」と答えてしまい、案の定どやしつけられる。

手ぶれだけで無く心もぶれてしまっているではないか。

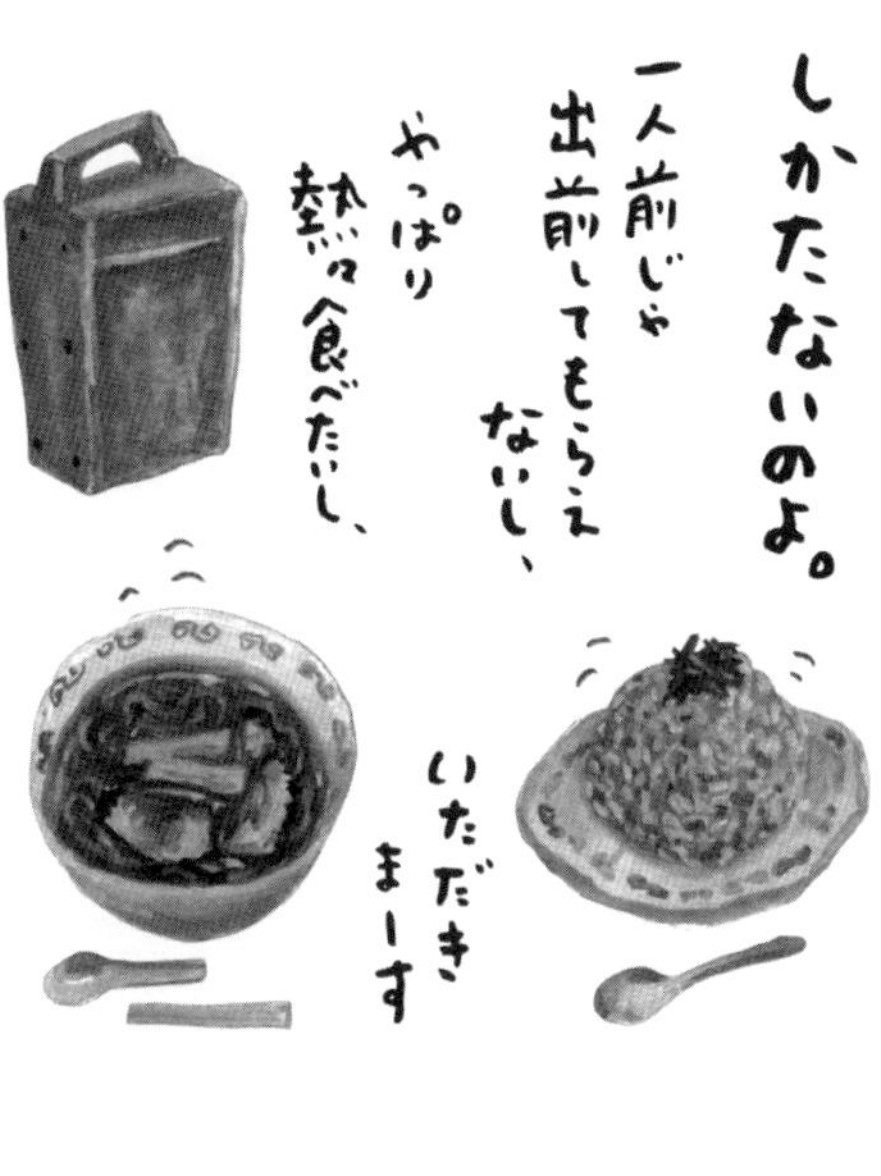
しかたないのよ。
一人前じゃ
出前してもらえないし、
やっぱり
熱々食べたいし、
いただきまーす

根気良く注射を打ち続け
魔の手から逃れる方法を信じるか

春や秋など季節の変わり目、男優女優問わず己の鼻声鼻水鼻づまりに悩む者多し。所謂アレルギーなのだけれども、その場しのぎの対症療法では眠気などの副作用が伴う。

そんな悩める子羊に、いい方法がありますよと耳元でそっと囁く。費用は安く副作用も心配ない、期間はちと要するが治れば発症することは皆無。

「私はこれでティッシュとおさらばしました」。こう言われて誰もが飛びつく治療法。しかし実際、実行に移した演者は誰ひとりとしていない。それは何故か。

二十歳、ひとり暮らしの東京で吉祥寺から下北沢に引っ越した。四畳半トイレ共同からトイレ付きに昇格した喜びで、窓の目の前が鳩小屋であることを完全に見落としていた。毎朝毎晩のポロッポー騒音攻撃は良しとしよう。日夜舞い続ける羽毛粉塵攻撃に僕の気管支が悲鳴を上げた。小児では無く成人喘息《ぜんそく》になってしまったのだ。

ひとたび体質が変わると鳩小屋の隣から逃げ出しても杉やブタクサ、家の埃《ほこり》にまで反応するようになってしまった。酷い時は夜中に息が出来なくなり救急病院に自ら駆け込んだことすらある。

そんな重症喘息患者になって数年後、劇団に入った僕は秋に英国公演に連れて行ってもらえることになった。さて困った、知らぬ異国で発作に見舞われたら敵わぬと、喉の名医の元に泣きついた。

老医師曰く秋のイギリスは大丈夫だと。何を根拠にと思ったが、逆にこの際だからと「減感作療法」を強く勧められた。

発作のもとになる物質を極ごく薄めて注射するのだ。週一の注射から始めて月二、月一、ふた月一回と間隔を空けて行き、まるまる二年を要する。薬物では無いので治療費は安い副作用も無い、これは良し。

しかし二年は長い、根気がいるしその度に痛い。だが発作の苦しみを考えると藁にもすがる思いで続けました。結果はというと。あれから三十五年経っても花粉の季節もティッシュレス。万歳。

但し成功確率は70％。ここがネック。強く勧められない理由。

あ、最近は注射じゃなく飴玉みたいなのを舐める方法もあるそうですよ。

ずっと
甘いのが苦手と
思っていたけれど
高級ケーキなら
何個も入る
ことを
最近
気づいて
しまった。

星空にたき火を囲んで人生を語る場を僕が作ってあげよう

日が短くなってきた頃のナイトロケは寒さに慣れていない身には堪《こた》える。まして衣装が薄着であれば尚更。

こんな時は製作部に「ガンガン」用意してと頼む。すると手慣れたスタッフが数カ所穴の空いた一斗缶を持ってくる。そこに木炭をガラガラと入れ、火を点けた段ボールの塊を投入するやすぐさま取っ手を持って燃える一斗缶を大車輪の如くぶん回す。

しばらくして段ボールが燃え尽きた頃合いで止めると炭に見事着火していて、簡易暖房具ガンガンの出来上がりという具合だ。

これがなかなかカッコイイ。出来るスタッフ感ありありなのだ。「火」を扱いこなすことが「男」も上げるというのは、原始時代からのステータスなのかも知れない。

金は無く暇はあるんだが、いつ仕事が入るか分からないので事前に旅行の計画は立てられなかった頃、僕はキャンプに凝っていた。

なにしろ黄金週間《ゴールデンウイーク》でも夏休みでもオートキャンプ場は前日予約が可能だった。おまけに料金は家族で五千円前後。

関東一円至る所に点在し、立派なとこは温泉までついていたりする。食事は勿論バーベキュー、炭火おこしは父親の役目だ。これが上手くいかないと食事はおろか灯りも暖もとれない。かっこいいスタッフよろしく風と火を巧みに操り炭をおこす。

そんな父親の背中を見て子供はどう思ったか確認してないが、本人が悦に入っていたのは確かだ。行くたびに道具が増え、ランクルに積みきれないほどだったあの頃が懐かしい。

最近は「ガンガン」も様変わりしてかつての一斗缶では無く長い箱状のものになった。中身も炭では無く固形燃料、旅館の夕食で仲居さんが点火してくれる青い奴の巨大版になった。大きいから度胸はいるが女性スタッフでもチャッカマンで一発だ。風車のように火を回す鯔背《いなせ》な野郎はいつの間にか絶滅してしまった。

子供も社会人になり、キャンプも遠い思い出になってしまったが、今またブームだと聞く。白髪で火をぶん回しおこす爺ぃとなって注目されたいが、五十肩が不安なので止めておこうと思う。

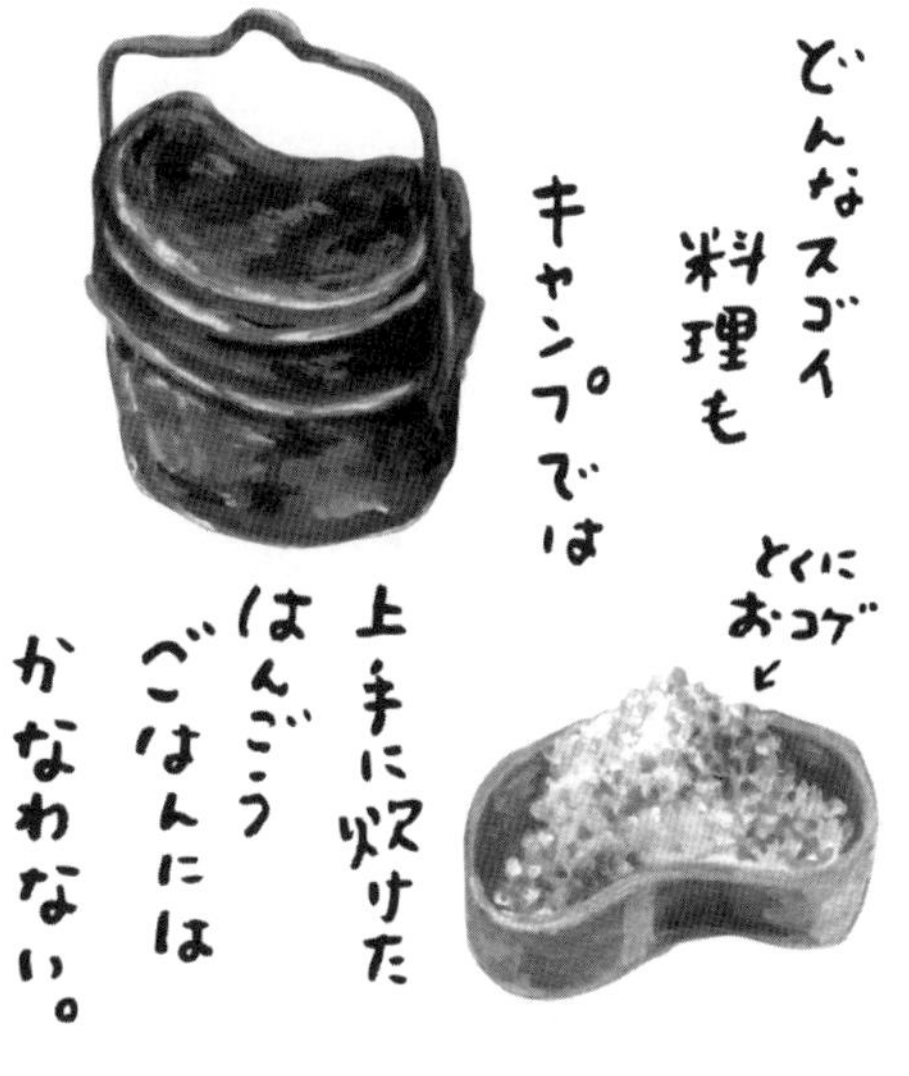
どんなスゴイ
料理も
キャンプでは
上手に炊けた
はんごう
ごはんには
かなわない。
とくに
おコゲ

あとがき

ここまで辿り着かれたということは、リタイアもせずに短編集から随筆までとりあえず目を通していただいた有り難いお客様だということで厚く御礼申し上げます。

もしくは途中で腹が立ち、どんな根性でこんな駄文を書き連ねやがったのか、面でも見せやがれ的な気分で巻末の筆者の写真を探している最中にここが目に留まったお客様、どうかお許しいただきたい。お代はお返し出来ませんが、悪気はありません。

二〇二〇年。それがどんな年だったと後世語られるようになるのか現時点では見当もつかない。

一昨年から連載を始めた「サンデー毎日」のエッセイを、ここらで書籍化しませんかと提案されたのが春三月。まだ「密」な喫茶店で打ち合わせが可能だった頃でして、エッセイだけでは分量が乏しいので、対談を入れますかとか、何か新たに書きますかとか、水増しかさ増しの相談をされたんですが、刊行予定は二〇二一年春。まだまだ先のことだし、正直真剣に考えておりませんでした。

ところが翌月、降って湧いた緊急事態宣言から、まさかの謹慎蟄居生活。念の為未来の読者に解説しておくと、新型コロナウイルスという奴が世界的に猛威を振るい、ここ極東の島国でも外出もままならないという時期があったんです。当然俳優なんて「不要不急」な稼業ですから、撮影、上演、あらゆる仕事がストップいたしまして、まんじりともせずに自宅に引き籠もることを余儀なくされました。

「仕事が無くて家にいるしかない」

この状況は若い頃から何度となく繰り返してきたことなので、それがウイルスの所為であろうと己の不人気の所為であろうと受け入れるしかありません。あの頃なら間違い無く短期もしくは日雇いのバイトに精を出したでしょう。しかし緊急事態宣言下ではバイト探しもままならない。それ以前に五十七歳で雇ってくれそうな仕事は無い。

何か適当な内職は無いものか。家にあるものでやれること。ユーチューバーやれるほどの芸も無いし。困ったなぁ。仕方が無い、パソコンに向かって妄想を打ち込むほかはないかぁ。

自分に何が書けるのか、ええぃままよと一日一編。つらつらつらと十二編。纏めてひとつと数えていただければ、もしかすると読み物として成立するかも知れないな、という下心。かくいう次第でございます。読んで楽しいものになれば幸い、重ね重ね悪気はございません。ひらにご容赦願います。


どうせ妄想だと割り切れば、勝手気儘な世界へ旅してみるのが面白いんだろうと思うのですが、いかんせん自宅に籠もって書いていると自分の身近なテリトリーに縛られて、こんなちっぽけな、空っぽの世界しか描けませんでした。しかし興味あるお方には笑っていただけるかも知れないと淡い期待を胸に抱き、編集部の五十嵐さんに送りつけたのです。するととんとん拍子にことが進展し、あろうことか年内に出版される運びになると言うではありませんか。本業が全く機能しない状況下、リモートでここまで辿り着きました。奇跡というほかありません。

書籍化にあたって諸々の作業を進めていく終盤戦で「サンデー毎日」の連載終了を告げられました。

「演者戯言」もカーテンコールの挨拶無しでどうやらこのまま幕を引くようです。

これまで楽しみにしてくれていた読者の皆様、この場を借りてお礼申し上げます、ありがとうございました。

最終回まで素敵なイラストを描いてくださったあべみちこさんには、本当になんとお礼を言っていいやら。心残りは原画のカラーイラストを皆様にご覧頂く機会を作れなかったことです。

三文役者がエセ随筆家の役を演じて二年、エセ三文文士の役に乗り換えて過ごしたこの三カ月。実に楽しかったなぁ、と溜息を漏らす私でした。

せめてもの遺言で、装幀は菊地信義さんにお願いしたい！という無茶振りにも応えていただき、もはや何も思い残すことはございません。

京都弁をレクチャーしてくれた京都の国語教師の石見憲治、和子ご夫妻、そして専門外の協力を惜しまずやってくれた所属事務所ザズウの松野恵美子社長、鈴木由香マネージャー。そしてそして、最初から最後まで我が妄想に呆れること無く付き合っていただいた毎日新聞出版の五十嵐麻子様に、心から感謝いたします。

松重豊

二〇二〇年十月

松重 豊　まつしげ・ゆたか

俳優。一九六三年生まれ。福岡県出身。明治大学文学部在学中より芝居を始め、一九八六年に蜷川スタジオに入団。二〇〇七年に映画「しゃべれども しゃべれども」で第62回毎日映画コンクール男優助演賞を受賞。二〇一二年「孤独のグルメ」でドラマ初主演。二〇一九年「ヒキタさん！ ご懐妊ですよ」で映画初主演。二〇二〇年放送のミニドラマ「きょうの猫村さん」で猫村ねこを演じて話題に。「深夜の音楽食堂」（FMヨコハマ）では、ラジオ・パーソナリティーも務めている。

松重豊 公式ウェブサイト
mattige.com/

空《くう》洞《どう》のなかみ

第一刷　二〇二〇年十　月三十日
第四刷　二〇二〇年十二月十　日

著　者　松重《まつしげ》　豊《ゆたか》

発行人　小島明日奈

発行所　毎日新聞出版
郵便番号一〇二-〇〇七四
東京都千代田区九段南一-六-十七　千代田会館五階
営業本部　〇三-六二六五-六九四一
書籍本部　〇三-六二六五-六七四六

印刷・製本　光邦

ISBN978-4-620-32646-7